졸
망
제
비
꽃

이윤학 소설

졸망제비꽃

황금**부엉이**

졸망제비꽃

2005년 11월 1일 초판 1쇄 인쇄
2005년 11월 5일 초판 1쇄 발행

지은이 | 이윤학
펴낸이 | 이준원
펴낸곳 | (주)황금부엉이

주소 | 서울 마포구 서교동 353-4 첨단빌딩 4층
전화 | 02-338-9151(편집부) 02-338-9128(영업부)
팩스 | 02-3142-3344(편집부) 031-901-8177(영업부)
홈페이지 | www.goldenowl.co.kr
출판등록 | 2002년 10월 30일 제 10-2494호

인문교양서 사업본부장 | 이호준
편집 | 황인석
본문디자인 | 성인기획
전략마케팅 | 최옥현
영업 | 김유재, 변재업, 김경미, 신용천, 정창현, 차정욱
제작 | 구본철

ISBN 89-90729-71-8 03810

왜 그랬을까

사랑하는 사람의 눈동자를 바라보듯이

당신은 왜 나를 보고 미소 지었을까

내 이름 내 얼굴조차 기억 못 할 당신에게,

불러도 대답 없는 당신에게

나는 왜 사랑한다 말하고 싶었을까

맨발로 걸어 다니느라 찢기고 더럽혀진

당신 두 발을 씻어주고 싶었다

여기까지 오느라 얼마나 힘들었느냐 말해주고 싶었다

고단한 당신을 등에 업고 대신 걷고 싶었다

당신의 걸음이 되고 싶었다

수만 개 별을 간직하고 있는 당신 눈빛을 바라볼 때마다
식어버린 내 가슴속 군불이 지펴지곤 했다
당신의 눈은 상처투성이라서, 그 상처가 굳어버린 흔적이라서
사랑 앞에 서면 나는 울 수도 웃을 수도 없게 돼버렸다

당신은 기억을 잃어버린 것이 아니라 당신이 사랑하고 싶은
순간 속에 머물러 있는 중이라고 믿게 되었다
그 순간 속에 들어가 살고 싶었다

당신의 순간은 끝이 아니라
언제나 시작일 것이므로

2005년 가을

이윤학 올림

일러스트를 제작하면서 늘 글쓴이와 독자들과의 연결 고리를 보완해주어야 한다는 책임감을 갖고 있다. 나는 독자들에게 시각적인 즐거움을 주는 동시에 또 다른 언어로 다가설 수 있게 해준다는 데서 즐거움과 보람을 느낀다. 하지만 그린이의 상상력으로 만들어진 삽화들이 독자들에게 구체화될 때, 때로는 부담감과 사명감을 느끼기도 한다.

똥산씨를 그렸다. 미친 여자, 하지만 맑은 웃음을 지닌……. 몇 번의 습작을 거쳐 다소 어렵게 그녀의 모습을 완성했다. 처음에 출판사에서는 15컷 정도를 그려달라고 요청했는데, 그리다 보니 35컷으로 늘어났다. 왠지…… 그래야 할 것 같아서. 물론 내겐 즐거운 작업이었다.

어느 외국 일러스트레이터의 질문이 떠오른다.

"어떻게 그림을 그려야 할지 혼란스럽습니다."

글을 쓴 작가가 대답하였다.

"책에 나오는 모든 이들을 친절히 대해주세요."

과거에도, 현재에도 내겐 큰 교훈이 되는 말이다.

여러분은 똥산씨를 만나고, 유란이를 만나고, 개구리 알도 만나게 될 것이다. 그들과 여러분을 시각적으로 만나게 해준 다는 것, 그린이로서 그것만큼 큰 보람은 없을 것이다.

유기훈

차례

수도승은 신나게 춤을 추면서
신작로로 가서는 돌아오지 않았다.
수도승은 갔던 길로 돌아오지 않는 법이었다.

똥산씨

정다방 통유리를 옆에 두고 앉았다.

나는 타임 담배 두 개비째를 피우고 있었다.

웬 젊은 여자가 길거리에서 오른손가락 둘을 치켜들어 V자를 그렸다. 좁다란 이마 위로 선글라스를 올려붙여 쓴 여자였다. 나는 다방 안을 둘러보았다. 나 말고는 아무도 없었다. 상필이는 길이 막힌다고, 조금만 더 기다려달라고 했었다.

이 읍내에서 나를 알아보고 웃을 젊은 여자는 남아 있지 않았다. 붉은 루주를 짙게 바른 입술이, 불쑥 통유리 안으로 빨려들었다. 젊은 여자는, 노란색 일회용 라이터를 왼손으로

켰다 껐다 했다. 나는 그제야, 젊은 여자가 담배를 요구한다
는 것을 알았다. 젊은 여자는 끈이 풀린 웃음을 웃고 있었다.

나는 양복 주머니에서 핸드폰을 꺼내 들었다. 진동이 오고
있었다. 060으로 시작되는 전화번호가 화면에 찍혔다.

젊은 여자는 약간 미친 기가 있어 보였다. 젊은 여자는 나
를 향해, 오른손 주먹을 왼손바닥으로 쭉 훑어냈다. 그러고
는 끈이 풀린 웃음을 웃었다. 젊은 여자는 8자 스텝을 밟으며
춤추기 시작했다. 젊은 여자 엉덩이에 방석이 달려 있었다.
붉은 나일론 끈으로 허리에 묶인 방석이 연신 엉덩이를 덮치
고 있었다.

나는 젊은 여자와 눈이 마주칠까 봐 기둥 선반 위에 켜져
있는 TV로 눈을 돌렸다. 프로야구 경기가 방송되고 있었다.
상필이는 30분쯤 늦을 것이다. 나는 냉수 컵에 손가락들을 가
져갔다. 각얼음이 금가면서 녹아갔다. 앞니에 간 금들이 이를
시리게 했다. 언젠가 전봇대에 정통으로 박은 앞니였다.

우리는 초등학교 4학년 때 담임선생님의 문병을 가는 길이
었다. 문희수 선생님. 첫 부임을 하신 젊은 선생님이었다. 결
혼을 한 문희수 선생님은 얼굴에 웃음을 달고 살았다. 우리

마을에서 얼굴에 웃음을 달고 사는 사람은, 문희수 선생님과 뜨내기 미친데기 여자 똥산씨뿐이었다. 미친데기 여자는 '똥산이'라는 이름을 달고 다녔다. 매일 산에서 똥을 싼다고 해서, 누군가가 붙인 이름이었다. 똥산씨는 포대기를 두르고 다녔다. 머리에는 기운 보따리를 이고 다녔다.

젊은 여자가 신나게 춤을 추면서 걸었다. 실룩거리는 엉덩이를 방석이 따라갔다. 젊은 여자는, 담배 피우는 남자를 볼 때마다 오른손으로 V자를 그렸다. 왼손으로 일회용 라이터를 켰다. 양 귀에 담배를 꽂고 있었다. 젊은 여자는 담배를 물고 터미널 쪽으로 사라졌다.

문희수 선생님

우리는 택시를 타고 도립병원으로 향했다. 문희수 선생님은 침대에 누워 링거를 맞고 있었다. 선생님은 침대에서 일어나려다 그냥 누웠다. 누군가의 도움 없이는 일어나지 못했다. 나는 문희수 선생님의 손을 잡았다.

"선생님, 저 기덕이예요. 이 친구는 미봉초등학교 37회 정상필이고요."

"그래. 잘들 지냈어? 어떻게들 알고 찾아온 거여?"

"다음에 미봉초등학교 37회 동창회 카페가 생겼어요. 거기서 선생님 편찮으신 거 알게 됐어요. 친구들이랑 같이 와야 하는데…… 우리가 먼저 찾아오게 되었네요."

"그렇구면. 이렇게 잊지 않고 찾아주니 고맙구면."

선생님의 얼굴에 웃음이 번졌다. 벌써 30년이 지나가고 말았다. 병실 창문에 목련 봉오리들이 어슬렁거리고 있었다.

"선생님, 사모님은 건강하시죠?"

"그럼. 볼일이 있어 잠깐 나갔네."

"이제 자제분들은 다 키우셨죠?"

"이번에 막내가 막 대학을 졸업했네. 이젠 걱정이 없네."

"선생님만 건강해지시면 걱정할 게 없겠네요. 선생님, 어서 일어나셔야죠."

"그래야지."

27년 전 미봉초등학교 4학년 교실이 떠올랐다. 선생님은 57명 아이들의 얼굴을 일일이 쳐다보며 웃고 있었다.

"기덕이 자네 아버님은 건강하시지?"

"그럼요. 지금도 농사일 하고 계세요."

"그래. 빨리 일어나서 찾아뵙고 싶네그려."

문희수 선생님은 전근 가기 전 일 년간 우리 집 아래채에서 살았다.

"아직도 그렇게 부지런하신가?"

"네. 새벽 네 시면 일어나시죠. 선생님도 부지런하셨죠."

"내가 그랬었나."

문희수 선생님은 새벽에 마당을 쓸고 양치질을 했다. 아침밥을 먹고 또 양치질을 했다.

"선생님 반만 따라가도 깔끔해질 텐데……."

어머니는 아버지와 내 얼굴을 번갈아 쳐다봤다. 둘은 씻기를 무엇보다 귀찮아했다.

"뽀득뽀득 씻는 걸 보고 죽을 수 있으려나……."

문희수 선생님은 세면도 두 번씩 했다. 세숫대야에 물을 퍼 얼굴과 목을 씻는 소리가 들려왔다. 푸부붓 푸부붓…….

"선생님, 지금도 세면을 두 번씩 하시죠? 양치질도 두 번씩 하시고요?"

"자네는 별걸 다 기억하는군."

문희수 선생님 눈가에 눈물이 번졌다. 눈가 주름이 눈동자를 힘주어 쥐었다.

나는 다방에서 본 여자 이야기를 꺼냈다. 요즘엔 좀처럼 보기 드문 여자였다. 웬만하면 병원이나 요양시설에 맡겨지기 때문일 것이다.

"방석을 달고 다닌다고 했나? 나도 한번 보고 싶네."

"방석이 아주 깨끗했어요. 한 번도 앉지 않았나 봐요."

"자네들도 기억하지? 똥산이?"

"그럼요."

"그 사람, 웃음소리가 들리는 것 같네. 그 웃음소리를 들으면 나도 덩달아 기분이 좋아지곤 했네. 현대인들은 가끔 그런 웃음을 웃곤 하네. 욕심이 많아 웃음을 잃어버린 건 아닌지. 웃음이 많은 사람은 여유가 있는 사람일 걸세."

우리는 묵념을 하고 있었다.

"유란인가? 광산을 하던 분 큰딸 말일세."

"이유란 말씀하시는 거죠?"

"맞아. 이유란. 그 친구에게서 전화가 왔었네. 청주에서 중학교 선생을 한다더군."

"유란이는 6학년 봄에 전학 갔었죠. 광산에서 금이 나오지 않아……."

"맞네. 어떻게 대학까지 잘 다닌 모양일세. 아버지가 화병으로 돌아가셨다고 들었는데."

문희수 선생님은 창문을 보고 있었다. 조금씩 창문이 흔들리고 있었다.

미봉산 (美峯山)

똥산씨는 미봉산 골짜기에서 살았다. 키 낮은 개암나무가 번창한 돌무지 위에 마름모꼴로 돌을 둘러쌓고 솔가리를 긁어다 깔았다. 똥산씨가 어떻게 한겨울을 나는지 아무도 궁금해하지 않았다. 그녀는 풀어헤쳐진 머리에 솔가리를 묻히고 나돌아 다녔다.

똥산씨는, 어디선가 기척 없이 다가와 웃었다. 내 또래 아이들은 곁에서 웃는 그녀의 웃음소리를 무서워했다. 벌레를 보는 것보다 징그러워했다.

나는 곡괭이와 왜낫을 들고 미봉산 골짜기를 향해 걸었다.

오리나무가 골짜기를 마주하고 서 있었다. 어디서나 얼음이 녹아 흐르는 물소리가 맑았다. 가랑잎을 적시고 내를 지나 저수지에 닿아 며칠을 쉬고 바다로 흐를 물소리였다.

나는 소(沼) 앞에 다다랐다. 가지를 모아 방석을 만들어, 그 중 제일 큰 소 위에 올린 소나무를 보았다. 언젠가 소나무 방석 위에 앉아서 웃고 있던 똥산씨. 그곳은 가끔 동네 사람들이 올라와 목간을 하고 내려가는 장소였다. 아주머니들이라면 소 위에 보초를 세워놓아야 안심이 되었다. 나무꾼이라도 나타나는 날엔 동네 망신을 살 수 있었다. 똥산씨는 거기 앉아 흔들림을 즐기고 있었다. 나뭇짐을 지고 내려온 남교네 아버지가 목간을 할 참으로 똥산씨에게 내려오라고 고함을 쳤다. 똥산씨는 꿈쩍하지 않았다.

"베어버린다. 어서 안 내려와."

남교네 아버지는 톱을 꺼내 소나무 밑동을 베는 시늉을 했다. 그러나 똥산씨는 그만이 부를 줄 아는 노래를 중얼거렸다. 남교네 아버지는 끝내 아랫도리를 벗지 못했다. 그는 웃통만 벗고 목에 건 수건을 내렸다. 소나무는 바위틈에 뿌리를 박고 있었다. 똥산씨는 소나무 방석 위에 앉아 어디론가

가고 있었다. 남교네 아버지가 똥산씨를 올려다보았다. 그는 어이가 없어서인지 부러워서인지 입을 벌리고 서 있었다.

어디선가 때까치가 꼬랑지 붓으로 글씨를 쓰고 있었다. 딱, 딱, 딱, 또 다른 소나무 가지를 쪼고 있었다. 남교네 아버지는 나뭇짐을 지고 꼬부랑길을 내려갔다. 그때 똥산씨는 단물이 빠진 껌을 뱉어냈다. 나는 소 밑으로 떨어지는 물보라에서 새끼 무지개를 보았다.

나는 지난 늦가을에 맡아둔 콩칡을 캐기 시작했다. 물이 흐르는 계곡 무너진 비탈흙 속에서 콩잎 냄새가 물씬 풍기는 콩칡을 캤다. 우리는 가을에 칡넝쿨을 잘라버렸다. 칡넝쿨을 걷었다. 칡넝쿨을 그냥 내버려뒀다간 누군가에게 들키기 쉬웠다. 칡잎이 쇠기 시작하면 칡넝쿨을 잘라버렸다. 칡은 새로운 넝쿨이 나기 전에 캐야 제 맛이 났다.

콩칡은 부드러운 황토, 물기가 많은 곳에 깊지 않게 뿌리를 내리고 있었다. 콩칡은 괭이질 몇 번이면 실뿌리째 드러났다. 좀더 기다려야 알이 차 제 맛이 날 것이다. 하지만 나는 더는 참지 못했다.

똥산씨는 맨손으로 칡을 캐 먹고 한겨울을 난다고 했다.

어른들이 하는 말을 다 믿을 수는 없지만, 서울 산에는 먹을 것이 흔치 않았다. 정금이나 보리수 열매는 추위가 오면 쭈글탱이가 되고 말았다. 잔대나 도라지 창출을 캐 먹을 수도 있지만, 그건 아리고 쓴맛이 강해서 많이 먹을 수 없었다.

나는 똥산씨가 칡을 캔다고는 믿지 않았다. 똥산씨는 호미도 갖고 있지 않았다. 부러진 나뭇가지나 돌로 캘 수 있는 칡뿌리는 없었다. 똥산씨는 겨울 동안 동네로 내려오지 않았다. 똥산씨를 본 사람은 나무꾼들뿐이었다. 솔가지를 한 짐씩 꺾어 지고 내려오다 보면, 똥산씨가 머무는 돌무지가 보였다.

똥산씨는 돌무지 위에 앉아 있었다. 무엇인가를 생각하고 있었다. 똥산씨는 사람들이 눈여겨보지 않는 돌무지이거나 너구리가 자고 간 굴이거나 누군가가 칡을 캐 간 비탈진 웅덩이였다.

나는 콩칡 세 뿌리를 캐서 계곡 물에 씻었다. 콩칡은 기껏해야 한 뼘 길이나 될까 말까 했다. 몇 년을 기다려 캐면 얼마나 클지는 알 수 없었다. 나는 일 년을 참지 못했다. 누가 먼저 캐 갈까 봐 조바심이 났다.

무너진 산기슭에서는 흙 부스러기가 떨어지고 있었다. 온갖 실뿌리들이 드러나 머리를 풀어헤친 귀신의 머리카락 같았다. 나는 방금 캔 밤고구마 껍질로 변한 손등에 입김을 불었다. 미봉산 어딘가에는, 아직도 풀리지 않은 얼음이 있을 것이다. 계곡 물이 닿은 살갗이 떨어져 나가는 것 같았다.

등 뒤에서 가랑잎 밟는 소리가 들렸다. 노루나 토끼나 꿩이 지나가고 있었다. 아무리 달리기를 잘해도 맨손으로 산짐승을 잡을 수는 없었다. 허벅지까지 눈이 쌓였다면 몰라도 맨손으로 산짐승을 잡으러 뛰어갈 사람은 아무도 없었다.

나는 콩칡을 품속에 감추고 일어났다. 동네 사람들을 만나면 빼앗기기 쉬웠다. 아무도 모르게 숨겨 가서 감춰놓고 혼자 아껴 먹을 참이었다. 산기슭 위 자잘한 참나무 숲에서 부스럭 소리가 들려왔다. 나는 돌을 집어 들었다. 나는 소리 나는 쪽으로 돌을 집어던졌다. 그래도 부스럭 소리는 멈추지 않았다. 내가 아는 산짐승 같으면 금세 도망치는 소리가 들렸어야 했다.

나는 겁이 나기 시작했다. 나는 억새들이 뒤엉켜 있는 산기슭을 오르기 시작했다. 무서움과 궁금증이 줄다리기를 하고 있었다.

설마, 지난번에 본 불곰은 아니겠지? 나는 작년 장마철에 고구마 순을 놓는 각시난골 밭에 갔었다. 갑자기 똥이 마려워 잔 리키다소나무를 헤치고 언덕 위로 올라갔다. 누가 보나 확인하고 묽은 똥을 누었다. 굴참나무 잎사귀 몇 개 훑어 밑을 닦으려 했다. 털 난 벌레가 꿈틀거렸다. 엉덩이를 깐 채 굴참나무 잎사귀를 따러 가다 보았다.

언덕 아래 골짜기에 시커먼 짐승이 어슬렁거리고 있었다. 시커멓고 헐렁한 털가죽을 뒤집어쓴 짐승이었다. 짐승의 몸집은 검은 집돼지의 세 배나 되었다. 입김인지 콧김인지를 내뿜으며 주둥이를 들이밀고 뭔가를 캐먹고 있었다. 나는 슬금슬금 뒷걸음쳐 언덕을 뛰어내려왔다. 나는 쉽게 말문을 열수 없었다.

"아버지, 저기 골짜기에서 불곰이, 뭔가를 캐 먹고 있어!"

아버지와 어머니는 내 얼굴을 빤히 쳐다보았다. 얘가 일하기 싫으니께 희한한 꾀를 다 짜내고 있네 하는 눈치였다.

"정말 봤어! 정말 봤다니까!"

나는 아버지 손을 잡아끌었다. 심장이 진정되지 않았다.

나는 왼손에 호빠 자루를 들었다. 언덕에 올라가서 둘러보았다. 불곰은 사라지고 없었다. 아버지는 내 볼따구니를 비틀어 떼어냈다.

"자꾸 꾀부릴래. 이 불곰 같은 눔아, 어서 가서 불곰이나 찾아봐라!"

나는 억새 사이에 숨어 참나무 숲을 살폈다. 똥산씨는 가랑잎 위에 앉아 있었다. 똥산씨는 다리를 벌리고 앉아 있었다. 사타구니 사이에 가랑잎을 쌓아놓고 있었다. 추수 끝난 들판에서 검불을 까불러 알맹이를 찾고 있는 것처럼, 양손으로 가랑잎 한 움큼을 들어 올려 깊은 숨을 불어 까부르고 있있다.

어디선가 똥 냄새가 풍겨오고 있었다. 똥 냄새는 가랑잎 향기와 범벅이 되어 풍겨오고 있었다.

춤

아침부터 찻길에서 똥산씨가 팔을 들어 올리고 춤을 추고 있었다. 얼굴 앞으로 들어 올린 양손에는 그놈의 보따리가 들려 있었다. 똥산씨는 발로 가위표를 치며 춤추고 있었다. 똥산씨 엉덩이 뒤에 아이들이 붙어 있었다. 아이들의 손에는 새총이 하나씩 들려 있었다. 엉덩이를 흔드는 꼴이 가관이었다.

오늘은 소등골 순옥이네 할머니의 상여가 나가는 날이었다. 상여꾼들이 공동묘지 아래 상엿집 앞에서 상여를 맞추고 있었다. 습자지로 만든 종이꽃을 상여에 두르고 있었다. 윗집

지원이 할머니는 우리 집 앞을 지나가면서 얼굴을 찌푸렸다.

"저년은 해필, 오늘 지랄이여. 주지랄 년 같으니라고."

그렇잖아도 합죽이인 지원이 할머니의 얼굴 윤곽은 쉰 수수팥떡이 되었다. 개에게 던져 줘도 멀찌감치 냄새만 맡고 마는 쉰 수수팥떡 고물이 입에서 튀었다.

"퉤. 퉤. 사람 죽은 게 경사 난겨. 주지랄 년!"

어머니는 고무대야에 설거지물을 들고 나와 쪽문 앞 논에 대고 갈겼다.

"아주머니, 미친 사람인데 어쩌겠슈. 속상해도 아주머니가 참아야지유. 안 그런감유?"

"그래도 너무하는겨. 아무리 머리가 돌았어도, 저럼 안 되는겨."

"양심도, 지킬 정신이 있어야 지키든지 할 게 아닌감유?"

"그래도 너무하는겨. 나 먼저 가겠네. 서둘러 오게나."

지원이 할머니는 양 다리가 벌어져 있었다. 꼭 두부콩을 맷돌로 갈 때 절구통 위에 받치는 삼발이 같았다. 급히 걷는 폼이 그랬다.

아버지는 동네 사람들 염을 도맡아 했다. 어머니는 그게

불만이었다. 염을 하고 돌아온 아버지는, 굵은소금 바가지 세례를 받고 웃곤 했다.

"귀신이 어디 있다고 맨날 그런다나. 소금 아까워 죽겠구면."

"아까우면 염을 하지 말든지, 흘린 소금 까막새처럼 쫘 드시구랴."

언젠가는 염을 하고 돌아온 아버지가 돼지 새끼를 받은 적이 있었다. 굵은소금 세례를 받지 않고, 아버지는 돼지우리로 곧장 들어가 새끼를 받았다. 돼지가 새끼를 열두 마리 낳았는데 세 마리만 건졌다. 어미돼지가 새끼를 깔아 죽였다. 젖이 모자란 것도 아닌데 이상한 일이었다. 어머니는 아버지를 원망했다.

"염을 하고 왔으면 알아서 소금 한 주먹 뿌렸으야지요. 남들은 어떻게라도 하기 싫어 뒷전인데 왜 나서서 염을 하는지 모르것네. 아까운 돼지 새끼들, 다 어쩐댜."

아버지는 아무 말도 하지 못했다. 헛기침만 하고 지게를 지고 나갔다. 어머니는 죽은 돼지 새끼가 아까워 한참을 들여다봤다. 나중엔 밤나무 밑에 구덩이를 파고 한 마리씩 우그려 넣고 묻었다.

"올 갈에는 밤탱이들이 풍선이 되겠구먼."

어머니는 흙 묻은 손을 질기게 털어냈다.

똥산씨가 신작로를 따라 멍울티 고개 쪽으로 가고 있었다. 똥산씨는 가끔씩 만득이 아저씨가 사는 집까지 춤을 추면서 갔다 오곤 했다. 아이들은 멍울티 고개를 넘기 전에 돌아왔다. 멍울티 고개에는 나쁜 소문이 많았다.

술 먹고 장에서 돌아오던 주정뱅이들은, 귀신에게 홀려 밤새 끌려 다닌 경험들이 있었다. 몇 달 전에는 작은마누라 집에 다녀오던 진만이네 할아버지가, 온몸을 가시에 긁힌 채 새벽까지 홀려 다녔다. 진만이네 할아버지는 술도 안 마셨다. 어른들은 실제로 귀신이 사람을 홀려 보지도 못한 얼룩말을 만들어놓는다 믿었다. 어른들은 허풍쟁이들이었다. 남들 앞에서만 허풍쟁이들이었다.

똥산씨는 신작로에 잘 나서지 않았다. 똥산씨는 산길로 다녔다. 똥산씨 얼굴엔 가시에 긁힌 자국이 떠나지 않았다. 산길에서 똥산씨를 만난 사람은 겁에 질렸다. 그녀는 심각한 얼굴이었다. 아무데나 쭈그리고 앉아 있었다. 헝클어진 머리카락을 늘어뜨리고 있었다. 눈에 불을 켜고 한군데만을 바라보고 있었다.

나는 그녀가 인도의 수도승이 아닌가 생각했다. 그러나 나는 여자 수도승이 있다는 말을 아직 듣지 못했다. 물어볼 사람도 없었다. 수도승은 신나게 춤을 추면서 신작로로 가서는 돌아오지 않았다. 수도승은 갔던 길로 돌아오지 않는 법이었다.

똥산씨가 만득이 아저씨 집에서 자고 나오는 걸 본 사람이 있었다. 그녀는 파란 가방을 둘러메고 다니는 화장품 장수 아주머니였다. 그녀가 퍼뜨린 소문은 동네마다 퍼져 있었다. 사람들은 똥산씨가 만득이 아저씨 어머니한테 꼬임을 당한 것이라 했다. 대를 이을 아들을 낳기 위해 똥산씨를 씨받이로 들인 것이라 했다.

만득이 아저씨

일요일 아침이었다. 만득이 아저씨가 신작로에 나타났다. 청색 스피커가 지게 뿔 위에 사이 좋게 달려 있었다. 만득이 아저씨는 힘이 세기로 소문난 사람이었다. 담배 한 갑만 사 주면 어떤 일도 마다하지 않았다. 오늘은 지게에 앰프를 지고 있었다. 약장수를 따라 동네마다 돌아다니고 있었다. 아이들은 만득이 아저씨 뒤를 따라 나섰다. 동네 아이들은 약장수 아저씨가 오줌이 마려울 때를 기다렸다. 만득이 아저씨는 담배를 피워 물고 앞만 보고 열심히 걸었다. 앞만 보고 걷기가 얼마나 어려운 일인지, 온몸에

땀이 흘렀다. 만득이 아저씨는 웃통을 벗어 무거운 앰프 위에 올려놓았다. 닳아 문드러진 셔츠에는 제법 긴 지우개 벌레들이 말려 올라갔다. 진흙빛으로 구워진 피부는 허물을 벗는 중이었다. 만득이 아저씨 뒤에는 똥산씨가 붙어 다녔다. 언제나 싱거운 웃음을 그칠 줄 몰랐다. 아이들은 근거 없는 소문을 만들어내기를 좋아했다.

"얼라리 꼴라리야, 똥산이가 만득이랑 낑끼 박았대요."

기운 자리가 훨씬 많은 똥산씨의 무명 보자기에 뭔가가 한 짐 싸여 있었다. 똥산씨는 옆으로 끝없이 골이 진 포대기에 뭔가를 불룩하게 업고 있었다. 똥산씨는 가끔 불룩하게 튀어나온 뭔가의 엉덩이께를 추켜올렸다. 똥산씨는, 청색 스피커에서 노래가 나올 때마다 머리에 인 보따리를 가슴에 안고 춤추기 시작했다.

아이들은 똥산씨를 거들떠보려 하지 않았다. 똥산씨의 존재를 인정하려 들지 않았다. 똥산씨의 존재를 인정하는 순간, 똥산씨와 같은 취급을 당할까 두려워했다.

약장수 아저씨가 넥타이로 묶은 게를 풀었다. 오줌을 누기 위해 신작로를 벗어났다. 아이들은 금세 똥산씨를 추월해 만득이 아저씨에게로 몰려갔다. 만득이 아저씨는 앞만 보고 걷는 데 온힘을 쏟아 붓고 있었다. 언제나 만득이 아저씨 얼굴은 뱃머리 같았다. 아이들은 만득이 아저씨 뒤로 바짝 붙었다. 아이 하나가 양손 엄지와 검지 사이를 힘껏 밀어 넣어, 만득이 아저씨 뒷무릎을 꺾었다. 만득이 아저씨가 뒤로 훌러덩 넘어갔다. 나는 뱃머리가 공중으로 솟구치는 것을 보았다. 배가 침몰하는 순간은, 아주 짧았다.

"어어……."

아이들은 줄행랑을 치기 시작했다. 아이들 뒤통수에 앰프가 쏟아져 곤두박질치는 소리가 들이닥쳤다. 약장수 아저씨는 오줌줄기를 끊고, 뒤로굴러넘기로 처박힌 만득이 아저씨를 바라보았다. 똥산씨의 웃음은 변하지 않았다. 삼발이 트럭이 먼지를 일으키며 달려왔다.

한참을 달리다 멈춘 아이들 눈에 똥산씨와 만득이 아저씨, 약장수 아저씨의 모습이 들어왔다. 약장수는 길길이 날뛰다가 앰프를 자세히 뜯어보기 시작했다. 똥산씨는 만득이 아저씨 어깨에 걸린 지게 끈을 어서 끌러주려 애썼다. 똥산씨 등 뒤에 업힌 뭔가가 한껏 치켜 올라갔다.

개구리 알

아침 일찍 학교 가는 길에 유란이를 만났다. 서울에서 살다 온 유란이는 이것저것 궁금한 것이 많았다. 오른손 검지로 버들가지를 가리키며 물었다.

"저것, 솜사탕 씨처럼 생겼네. 먹을 수 있는 거니?"

나는 아무런 대답도 못 했다. 나는 솜사탕을 보지 못했다. 나는 버들가지에 목화씨가 달렸다 말하고 싶었다. 나는 입을 꾹 닫았다.

"서울 살 땐 불빛을 보고 생각했어. 저게 다 막대사탕으로 바뀌면 얼마나 신날까?"

나는 그렇게 많은 불빛을 본 적이 없었다. 우리 동네엔 전기가 들어온 지 얼마 되지 않았다. 우리 동네에서 전기를 마음대로 쓰는 집은 유란이네 한 집뿐이었다.

30촉 전등이 유란이네 집 마루에서 그네를 타는 걸 보면, 나는 부자가 된 기분이 들었다. 형형색색 금줄이 뽑혀 나와 내게로만 몰려오는 것 같았다. 나는 전깃불만 보고 있어도 부자가 되었다. 헛생각을 많이 하면 가난뱅이로 산다는 할머니 말씀이 떠올랐다.

"넌 가난하게 살면 안 된다. 어서 커서 서울로 가라. 셋째 고모처럼 부자가 되어야 한다."

나는 가난이 창피해 견딜 수 없었다. 이제는 학교에 쫄장게나 밴댕이젓, 새우젓, 고추장 반찬을 싸 가고 싶지 않았다. 나는 누구에게 들킬까 봐 두려웠다. 그런 마음까지 들키는 건 수치스러운 일이었다.

물을 담아놓은 논에 독새풀이 자라고 있었다. 개구리 알들이 물컹거렸다. 유란이가 개구리 알을 가리켰다.

"저건 뭐야? 누가 버린 거야?"

"깨구락지가 버린 거야."

"깨구락지가 버렸다고?"

"깨구락지 알이야. 저기서 올챙이가 나와."

"언제?"

"물이 따뜻해지면. 꼬리를 흔들고 올챙이들이 돌아다녀."

"그럼, 저 까만 점들이 다 올챙이겠네."

"그래. 까만 점들이 올챙이가 되는 거야."

유란이는 논두렁에 쭈그리고 앉았다. 한참을 신기해하며 들여다보았다. 유란이는 원피스 소매를 걷고 물속에 손을 집어넣었다. 내 손에도 물이 묻었다. 물의 차가운 기운이 온몸에 퍼졌다. 유란이는 개구리 알을 떼어냈다. 손바닥 위에 개구리 알 둘을 올려놓있다.

"야, 이것 좀 봐봐!"

나는 유란이 손바닥에 올려진 개구리 알 둘을 보았다.

"눈동자 같지 않아? 사람 눈 속에 있는, 까만 점 같지 않아?"

나는 유란이 손바닥이 눈을 낳았다고 생각했다. 개구리 알 둘이 손바닥에서 눈을 달 수 있는 확률에 대해 생각했다. 나는 언젠가 그런 날이 꼭 찾아올 거라 믿었다. 그렇게 될 때까지 유란이 곁에 있고 싶었다.

유란이는 갈래머리를 따 길게 늘였다. 나는 유란이 곁에서서 걷고 있다고 생각했다. 그렇지만 논둑에서는, 누군가가 앞서 걷고 하나는 뒤에서 걸어야 했다. 신작로로 나왔을 때 유란이는 손아귀를 쥐고 있었다.

"춥겠지? 개구리 알 둘."

유란이는 오른손아귀를 살짝 열고 입김을 불었다.

"따뜻하지? 물속보다는."

나는 유란이 눈을 바라보았다. 거기에도 개구리 알 둘이 고이 담겨 있었다.

민들레

객토(客土)한 논들이 산 그림자를 받아 안고 있었다. 물이 넘치지 않게 물결이 몇 센티씩만 일렁이고 있었다. 물결의 골에서는, 아무나 들을 수 없는 물소리가 밀려오고 있었다.

황토 물이 든 논바닥에 개구리 알들이 뭉텅이가 되어 가라앉아 있었다. 개구리 알들은 물속의 때를 닦아 지저분하게 변해 있었다. 개구리 알들은 엿기름 끓이고 난 부뚜막을 닦은 행주 같아 보였다.

나는 암염소를 끌고 양지바른 곳을 향해 걸어갔다. 유란이는 교회에 가는 중이었다. 나는 우리가 걷는 길이 만나는 지점을 바라보았다. 석회 부대가 쌓여 있었다.

나는 걸음걸이를 천천히 했다. 유란이가 먼저 지나갔으면 하고 바랐다. 그러나 유란이는 나를 보고 걸었다. 암염소를 끌고 오길 잘했다. 숫염소에게서 나는 노린내를 유란이에게 들키고 싶지 않았다. 나는 코를 벌렁거렸다. 배불뚝이 암염소에게서 노린내가 나는지 안 나는지.

"염소 매러 가니?"

유란이가 손을 흔들었다.

"응. 교회에 가는 거니?"

나는 암염소에게 끌려가고 있었다. 아침밥과 함께 먹은 김치찌개 냄새가 올라왔다.

"염소 매고, 교회 같이 가면 안 되니?"

유란이는 나를 만날 때마다 교회에 같이 가자고 했다. 나는 오늘도 대답할 수 없었다.

"오늘도 안 돼?"

나는 고개를 끄덕거렸다.

"오늘도 바다에 가는구나. 그렇지?"

"응. 김 뜯으러 가야 돼."

"그렇구나. 김은 언제까지 뜯어야 해?"

"억세져, 못 먹게 될 때까지."

"그럼 다음 주엔 교회에 갈 수 있어?"

나는 고개를 끄덕일 수 없었다. 유란이는 손을 흔들었다.

"잘 갔다 와. 아직 날씨가 추워."

"너도 잘 갔다 와라."

하얀 원피스를 입은 유란이는 도랑 길을 따라 걸었다. 외양간 산모퉁이를 돌아 나오는 바람 소리가 솜털 하나까지 흔들었다.

유란이는 금맥을 찾는 아버지를 따라 작년 가을에 전학 왔다. 가끔씩, 산 너머에서 다이너마이트 터지는 소리가 들렸다. 나는 금이 많이 나왔으면 하고 바랐다. 그래야 유란이가 전학을 가지 않을 것이다. 우리 아버지는 일본 놈들이 다 파먹어서 이제는 금이 남아 있지 않을 거라고 했다.

"괜시리, 헛불만 켜고 있는 거여."

우리 아버지는 바다 밑까지 굴을 파고 들어가도 소용없다고 했다. 까딱 잘못하다가는 바닷물이 쳐들어와 여러 사람을

수장(水葬)시킬 거라 했다. 나는 일본 사람들이 파먹지 못한 금이 아주 많이 있을 거라고 믿었다.

암염소는 연신 똥구멍 같은 주둥이를 놀리고 있었다. 마른 풀들 사이에 낀 파란 풀을 뜯고 있었다. 암염소 눈엔 풀이 어떻게 보일까 궁금해졌다. 암염소는 풀만 뜯어먹고 뿌리는 건드리지 않았다. 암염소 배때기가 뭉클하게 움직이고 있었다. 염소 새끼가 나오면 민들레꽃이 활짝 피어 있을 것이다. 어서 하얀 민들레꽃을 따다 유란이 머리핀으로 꽂아주고 싶었다.

피난

밥상 엎질러지는 소리가 들렸다. 건너편 남교네 집에서 욕지거리가 시작되었다. 남교네 엄마 울음소리가 들려오기 시작했다. 나는 밥을 먹다 말고 맨발로 대문까지 뛰어나가 쌈을 구경했다. 까딱하다가는, 오늘 밤에도 피난을 가야 할 판이었다.

남교네 아버지는 월남에 갔다 돌아왔다. 술만 먹으면 들어엎고 부엌칼을 들었다. 아저씨들이 군대 얘기를 할 때마다 남교네 아버지는 뒷전에 처졌다. 술만 마셨다.

아직 날씨도 추운데 산으로 올라가 잠을 자야 했다. 우리

집 함석 대문에도 남교네 아버지가 찌른 부엌칼 자국이 세 개나 있었다. 남교네 할머니, 남교네 엄마가 우리 집으로 도 망쳐 왔다. 남교네 아버지는 몇 집을 거쳐 우리 집으로 쳐들 어왔다.

어머니는 밥상을 물리고, 아버지는 갖고 가기 편한 홑이불 들을 챙겼다.

"누가 똥이 무서워 피하겠냐고!"

나는 아버지 얼굴을 똑바로 바라보았다. 나는 다락에 들어 가 자면 안 되겠냐고 묻고 싶었다. 그러다가는 싸대기를 맞 을지도 모를 일이었다. 나는 칭얼거리는 동생들을 깨웠다. 동생들을 데리고 미봉사에 올라갔다.

다섯 집 식구들 모두가 피난길에 올랐다. 남교네 엄마는 어깨를 들썩이고, 남교네 할머니는 미안하다는 말을 하지 않 았다.

"주지랄 놈! 주지랄 놈! 주지랄 놈!"

남교네 할머니 입에서는 쉴 새 없이 그 말이 새어나왔다.

남교네 아버지 손에 들린 부엌칼은 동네를 벗어나지는 않 았다. 누구 하나 지서에 신고하는 사람도 없었다. 날이 새면,

오늘 일은 맹꽁이 울던 똥독에나 빠질 것이다.

나는 솔가리 위에 이불을 깔고 누웠다. 남자들은 담배를 피워 물었다. 소주를 마셨다. 신 김장김치 쪼가리를 잘근잘근 씹었다. 아주머니들도 옆에 둘러앉았다. 농사 얘기를 하거나 도시로 나간 자식 자랑을 늘어놓았다. 나는 오줌이 마

려워 요강을 더듬었다. 나는 오줌을 참기 위해 잠을 불렀다.
어른들 말소리는 새벽까지 이어졌다. 가끔, 빈틈에 찔러 넣
는 쐐기 말소리는

"가구도 안 닿는 소리 허덜 말어!"

였다. 나는 가구도 안 닿는 소리에 대해 생각했다. 천장이 높

다는 얘긴지, 가구가 보잘것없이 작고 낮다는 얘긴지, 뜬구름 잡는 소리를 한다는 얘긴지, 집도 절도 없다는 얘긴지. 나는 한쪽 눈을 뜨고 별을 보았다. 아무리 크고 높아도 가구는 별에 닿지 않을 것이다. 나는 뭉텅이로 자는 사람들을 비집고 나와 오줌을 누었다. 오줌의 온도가 빠져나간 몸에 한기 (寒氣)가 차올랐다. 낮은 산봉우리들과 서해가 한눈에 들어와 박혔다.

밤새 울고 있는 부엉이 소리가 들렸다. 골짜기마다 부엉이가 한 마리씩 살았다. 부엉이는 왜 모여서 살지 않을까. 아니 왜 모여 살지 못할까. 왜 미친데기들은 모여 살지 못할까. 골짜기 돌무더기 위에서 웅크리고 앉아 밤을 새운 똥산씨가 보였다. 똥산씨는 왜 뱀이 우글거리는 돌무더기를 보금자리로 삼을까. 나는 똥산씨가 놀라는 걸 본 적이 없었다. 사람들이 똥산씨가 목욕하는 걸 본 적 없듯이. 나는 똥산씨가 놀라는 걸 본 적이 없었다. 그의 웃음은 사람들이 안 보는 사이에 사라졌다. 세숫대야에서 피어오르는 김 같았다. 사람들은 똥산씨가 언제나 웃고 있을 거라 짐작하고 있었다.

똥산씨는 혼자 앉아 있었다. 자신의 속을 낱낱이 살피고 있었다. 똥산씨는 무릎을 세우고 앉아 있었다. 무릎 접힌 곳에 손깍지를 끼워 올리고 턱을 괴고 있었다. 똥산씨는 벌어진 입에서 침이 흘러나오는 줄도 모르고 있었다. 부엉이 소리가 미봉산 골짜기를 울리고 있었다.

나는 아침에 일어나 미봉산 꼭대기에 올라가 소리를 질렀다. 그때마다 돌아오는 메아리가 서글펐다. 말을 할 줄 안다는 것은 슬픈 일이었다. 똥산씨는 말을 하지 않았다. 누군가의 말을 듣지도 않았다. 똥산씨는 솔잎을 한 주먹 훑었다. 입가로 밀려나오는 녹즙은 밟힌 벌레의 피처럼 끔찍했다. 똥산씨가 포대기에 싸 업고 있는 것은 무엇일까.

아버지는 새벽에 일어나 줄담배를 피웠다. 환희담배 꽁초 일곱 개비가 필터만 남기고 황토에 꽂혔다. 기침이 올라와 얼굴이 홍시처럼 되는데 아버지는 줄담배를 피웠다.

"이제, 식구 깨워 집으루 내려가자."

아버지는 마지막 꽁초를 황토에 꽂았다. 뱃살이 하얀 못자리 비닐이 냉랭했다. 못자리 비닐 간빛대가 선명해지도록 미봉산 길을 내려왔다.

산불

　　　　미봉산에 불이 난 건 4교시 수업이 시
작되었을 때였다. 미봉산 중턱까지 불이 붙었다. 연기가 하
늘로 치솟고 있었다. 미봉초등학교 전교생이 산불 끄는 일에
동원되었다. 5학년 1반 아이들도 양동이를 들고 미봉산으로
뛰었다. 미봉산 응달진 연못의 물을 퍼 날랐다. 일렬종대로
줄을 서서 양동이 물을 전달했다. 어른들은 생솔가지를 꺾어
들고 불길을 때려잡았다. 어른들 얼굴은 숯검정으로 변했다.
연기가 나는 곳이면 어디든지 찾아다녔다. 물을 뿌리고 생솔
가지로 작살나게 패 연기를 때려잡았다.

누가 불을 냈는지는 밝혀지지 않았다. 누군가 밭둑을 태우다 불이 옮겨 붙었는지, 나무꾼이 흘린 담배 불똥이 옮겨 붙었는지, 지서 순경들이 조사를 끝내고 돌아갔다.

똥산씨가 유력한 용의자로 지목되었다. 똥산씨가 성냥을 갖고 있지 않다는 건 누구보다도 동네 사람들이 잘 알고 있었다. 하지만 누군가가 책임을 지고 벌을 받아야 했다. 똥산씨라면 책임을 질 수도 없었고 벌을 받을 수도 없었다. 똥산씨는 돌무더기 위에 앉아 있었다. 똥산씨가 불을 피우는 걸 본 사람은 없었다. 한겨울에도 돌무더기 위에서 자고 일어났다. 아무리 지독한 추위가 찾아와도 꿈쩍하지 않았다. 누더기 옷 한 벌로 겨울밤을 버텨냈다. 사람들은 코를 찌르는 냄새 때문에 똥산씨 곁에 다가가지 못했다. 돌무더기는 똥산씨만의 영역이었다.

학생들은 모두 학교에 가 있었다. 어른들의 부주의가 산불을 낸 것이다. 하지만 누구도 나서서 책임을 지려고 하지 않았다. 나무가 가지를 비벼 불을 냈을 리 없었다. 아이들이 학교에 없었다면 아이들 책임으로 떠 넘겨질 일이었다.

저녁 무렵에 미봉리 이장 아저씨와 반장 아저씨들이 미봉산으로 올라갔다. 똥산씨에게 책임을 추궁하기 위해서였다. 불난 산에 똥산씨가 있었기 때문에 의심을 받을 만했다. 나는 아이들과 어울려 아저씨들 뒤를 밟았다. 똥산씨는 돌무더기 위에 보따리를 베고 누워 있었다.

"똥산아, 니가 그런 거 다 알고 왔다. 순순히 털어놔라."

이장 아저씨가 닥나무 지팡이로 똥산씨 턱을 들어올렸다. 똥산씨는 하늘을 보고 웃었다. 웃음을 멈출 수 없었다. 헤 벌어진 입에서는 김이 새어나왔다.

"순순히 털어놓으라니까!"

이장 아저씨도 반장 아저씨들도 똥산씨에게 뭔가를 바라는 것은 아니었다. 똥산씨는 웃음만을 흘리고 있었다. 똥산씨는 이 세상 사람 같지 않았다. 저세상에서 살 때 즐거웠던 일이 하도 많았던 모양이다. 이 세상에는 없는 즐거움을 기억해내고 있었다. 쉴 새 없이 웃음이 나왔다.

"야, 이년아. 빨랑빨랑 불지 못해!"

미봉리 3반 반장 아저씨가 장화 발을 들어 올렸다. 여차하면 똥산씨 얼굴을 일그러뜨릴 태세였다. 그래도 똥산씨는 웃고만 있었다. 똥산씨는 이 세상 사람이 아니었다. 겨울에도

추위에 떠는 법이 없었다. 누구나 설리는 고뿔도 걸리지 않았다.

"나 원 참. 말이 씨가 먹혀야 말이지."

이장 아저씨는 웃기만 하는 똥산씨 앞에서 더 이상 말을 하지 못했다.

"자, 그만 내려들 가세. 오늘 모두 욕봤으니, 내가 술 한잔 사겠네."

"형님, 그럽시다. 얼른 내려가서 대포나 한잔씩 합시다."

우리들은 어른들이 내려가기만을 기다렸다. 시커멓게 중턱까지 탄 미봉산에 어둠이 내리기 시작했다. 어른들이 내려가는 산길에서 쌀 씻는 소리가 들려왔다. 참나무 낙엽이 어른들 장화에 밟히고 끌리면서 나는 소리였다.

"자네들은 누가 불 낸 것 같은가?"

이장 아저씨의 목소리가 들려왔다.

"글쎄유. 잘은 모르지만, 저 산 밑 밭에서 불 놓다가 지호 할머니가 내지 않았을까유."

"다들 입 다물게나. 내일 아침에 지서 가서 똥산이 짓이라고 말할 테니, 그렇게들 알고 있게나. 다들 입 조심들 하게나."

"형님이 잘 알아서 처리해주실 줄 믿을께유."

똥산씨는 여전히 하늘을 보며 웃고 있었다. 동네 어른들 얼굴에는 가끔 웃음이 머물렀다. 아주 짧은 순간 동안 웃음이 머물렀다. 동네 어른들은 똥산씨가 웃을 때 엄숙한 얼굴이었다. 똥산씨가 제정신으로 돌아와 엄숙해질 때, 동네 어른들 얼굴에 웃음이 머물렀다.

나는 산길을 내려오면서 즐거웠던 일을 더듬었다. 부엉이가 울고 있었다. 커다란 눈동자를 치켜뜬 부엉이 울음소리가 들려오고 있었다. 불탄 냄새 가득한 미봉산 저편에서 들려오고 있었다. 나는 뜯어진 점퍼 주머니에 손을 찔러 넣었다. 찬바람이 산골짜기를 타고 오르고 있었다.

보따리

점심을 먹고 난 뒤였다. 아이들이 복도 창문에 붙어 서서 웅성거리고 있었다.

"잘한다, 잘한다, 호균아, 조금만 힘내. 힘내라니까!"

궁금해진 나는 아이들을 밀치고 복도 창문에 붙었다. 아이들은 복도 창문에 붙어 호균이를 응원하고 있었다. 호균이가 똥산씨 보따리를 뺏으려 하고 있었다. 똥산씨는 보따리를 뺏기지 않으려고 두 손으로 감싸 품에 안고 있었다. 호균이는 똥산씨 다리를 걸어 넘어뜨렸다.

"안 내놔! 안 내놔!"

호균이는 악을 쓰면서 보따리를 뺏으려 했다. 똥산씨는 보
따리를 가슴에 품고 엎드렸다.

"이게, 정말 안 내놔!"

호균이는 똥산씨 등에 앉아 보따리를 뺏으려 했다. 똥산씨
는 거품을 물고 반항했다. 호균이는 희끗거리는 똥산씨 머리
카락을 움켜잡고 끌어당겼다.

"정말 안 내놓을래! 너 죽고 싶어 환장했어!"

똥산씨는 울기 시작했다. 호균이는 머리끄덩이를 잡은 손
을 놓았다. 그러고는 똥산씨 허리의 포대기 줄을 끌렀다.

"아아아……."

똥산씨 울음이 발동기 소리처럼 커졌다. 똥산씨는 보따리
에서 손을 풀었다. 호균이는 끌러진 포대기를 냅다 풀어헤쳤
다. 아기 배냇저고리와 베개와 손수건과 백일 사진이 나왔
다. 똥산씨는 퍼질러 앉아 울기 시작했다. 호균이는 똥산씨
울음소리에 놀라 멈칫거렸다. 아이들이 호균이 이름을 외쳐
불렀다.

"이호균, 이호균, 잘한다, 이호균!"

호균이는 똥산씨 보따리를 풀었다. 살얼음이 낀 냇물 웅덩

이에 아기 이불과 땟국투성이 옷가지들을 집어던지기 시작했다. 호균이는 영웅이 되었다. 그동안 아무도 끌러보지 못한 보따리와 포대기를 끌러본 것이다. 깡패 삼총사 형들이 한꺼번에 달려들었을 때에도 실패한 일이었다.

"난 또, 무슨 보물이라도 있는 줄 알았잖아!"

호균이는 화가 난 얼굴로 냇물을 건너왔다. 측백나무 울타리에는 철조망이 쳐져 있었다. 살얼음 위에 똥산씨가 품고 다녔던 옷가지와 이불, 사진 한 장이 놓여 있었다. 아이들은 금세 흥미를 잃었다. 똥산씨는 보물들을 챙기기 시작했다.

미봉초등학교 앞 공동묘지에 똥산씨가 앉아 있었다. 똥산씨는 젖은 보물들을 늘어놓고 말리고 있었다. 똥산씨는 해가 저물도록 무릎을 곧추세우고 앉아 있었다. 허옇게 발한 명감 열매들이 똥산씨 앞에 놓여 있었다.

미꾸라지 해부

오늘은 자연시간에 미꾸라지 해부를 했다. 개구리 해부는 질리게 해봤어도 미꾸라지 해부는 처음이었다. 양동이에 미꾸라지를 넣고 굵은소금 한 주먹만 뿌리면 금세 허옇게 까뒤집혔다. 미꾸라지는 내장이 얼마 되지 않았다. 내장을 발라낸 기억이 없었다.

실험실에 모여 미꾸라지 해부 시범을 보여준 담임선생님은 육상부 코치 선생님이었다. 배가 두꺼비 몇 배로 나왔다. 바지 지퍼께에 곤봉을 하나 넣고 포장을 치고 다녔다. 곤봉은 바지 지퍼께에서 봉긋이 솟아 있었다.

여자애들은 미꾸라지가 징그럽다고 했다. 미끈거리는 게 어지간히 징그러웠다. 아이들은 손아귀에서 빠져나간 미꾸라지를 잡느라 야단법석이었다. 조용히 자리를 차지하고 앉아 있을 수 없었다. 미꾸라지 해부는 실패로 돌아갔다.

나는 곰곰이 생각해봤다. 담임선생님은 미꾸라지 배를 따 양동이에 넣으라고 했다. 내장을 책받침 위에 올려놓고, 위장이고, 간이고, 쓸개고, 설명을 했다. 양동이로 들어간 미꾸라지는 어디로 갈까. 결국 담임선생님 배로 들어갈 게 뻔했다. 담임선생님은 비위가 약해 미꾸라지 배를 따지 않으면 못 먹는 게 분명했다. 땀을 흘리며 추어탕을 먹는 담임선생님 모습이 어른거렸다.

수업의 끝을 알리는 종이 울렸다. 남자아이들은 축구공을 들고 운동장으로 달려 나갔다. 여자아이들도 몰려 나가 고무줄을 뛰어넘었다.

나는 실습실로 들어갔다. 미꾸라지가 고무대야에 거품을 모아 올리고 있었다. 위 다랑이 논에서 아래 다랑이 웅덩이로 도랑물이 들어갈 때 이는 때거품이었다. 나는 때거품을 불고 웃옷 주머니에 미꾸라지를 넣었다.

겨울 아침에 일어난 사건이 떠올랐다. 지식이 아버지는 술에 절어 집에 돌아오다 얼어 죽었다. 사회과부도 책에서 본 이집트 미라 같았다. 지식이 아버지는 얼음 위에서 미끄러져 잠이 들었다. 논둑 물꼬를 지나다 아래 다랑이 논으로 미끄러졌다. 지식이 아버지는 물꼬 밑으로 메어꽂혔다. 아침에 발견된 지식이 아버지는 어마어마한 얼음 수염을 달고 있었다. 동네 사람들이 물을 끓여 날랐다. 지식이 아버지 턱에서 얼음 수염을 녹였다.

나는 국어시간에 웃옷 주머니에 든 미꾸라지를 보곤 했다. 옆자리 유란이도 주머니 위로 주둥이를 내미는 미꾸라지를 궁금해했다.

"기덕아, 한 마리만 꺼내봐."

"안 돼."

"한 마리만. 응? 한 마리만 꺼내봐."

유란이는 다그치기 선수였다. 나는 결국 미꾸라지를 꺼내 유란이에게 건네줬다.

"꼭 쥐고 있어야 해. 알았지? 명심해."

나는 유란이에게 몇 번이나 다짐을 받았다. 유란이는 고개를 끄덕였다.

미꾸라지를 받아 든 유란이는 주먹을 쥐었다. 미꾸라지가 몸을 비틀어도 소용없었다. 나는 유란이 손아귀에서 몸을 뒤집는 미꾸라지 주둥이가 우스꽝스러웠다. 나는 웃음을 참을 수가 없었다.

담임선생님이 지휘봉을 들고 내게로 다가왔다. 담임선생님 지휘봉은 꽃뱀 껍질로 싸여 있었다. 담임선생님이 지휘봉을 들어 볼에 대고 비볐다. 소름이 돋아났다. 나는 몸을 움찔거렸다. 끝내는 소릴 질렀다.

"아아아 아아악."

담임선생님이 웃옷을 헤쳤다. 배꼽을 향해 지휘봉을 밀어 넣었다.

"이놈 봐라. 널러가는 새 불알 봤어? 왜 미친 똥산이처럼 실실 쪼개고 지랄이야."

담임선생님은 지휘봉을 꺼내 등을 휘저었다.

"다시 한 번 웃다 들켰다간 봐라. 자지랑 불알에도 뱀 껍질 실컷 비벼줄 테다!"

옆자리 유란이도 배꼽이 빠져라 웃었다. 유란이는 웃느라

손아귀에 쥔 미꾸라지 간수를 소홀히 했다. 손아귀 힘이 느슨한 틈을 타 미꾸라지가 빠져나가려 했다. 유란이는 빠져나가려는 미꾸라지를 잡으려고 자리에서 일어났다. 유란이 손아귀에서 빠진 미꾸라지가 유란이 웃옷 속으로 들어갔다. 유란이는 웃옷 속으로 들어간 미꾸라지가 징그러워 어쩔 줄 몰랐다. 나는 유란이 웃옷 속을 뒤지기 시작했다. 어서 미꾸라지를 꺼내줄 생각이었다.

어느새 내 오른손은 유란이 웃옷 속을 더듬고 있었다. 유란이는 내 오른손이 징그러워 눈을 흘겼다. 미꾸라지는 온데간데없었다. 유란이 손이 내 귀싸대기를 갈겼다. 나는 책상 모서리에 뒤통수를 찧고 넘어졌다.

담임선생님이 내게로 다가왔다. 나는 사타구니에 두 손을 찔러 넣었다. 큰일이 나고 말았다. 손을 씻지 않은 게 후회스러웠다.

"깨끗이 비누 발라 문질러 씻어라."

어머니 얼굴이 눈앞에서 웃고 있었다.

"너, 이 새끼! 변태지!"

나는 머리를 숙이고 있었다.

"그 손모가지 한번 보자. 왜 함부로 여자 옷 속에 손모가지를 집어넣고 지랄이야!"

나는 끝내 미꾸라지를 꺼내주려고 그랬다는 말을 하지 못했다. 미꾸라지를 가져온 걸 들키는 날엔, 손등이 부르트도록 맞아야 할지 몰랐다. 나는 교실 밖으로 불려나갔다. 교실 벽에 두 발을 들어 올리고 엎드려뻗쳐 자세로 국어시간이 끝나기를 기다렸다.

내 생각은 왜, 한 치 앞도 보지 못할까. 이제 유란이 얼굴을 어떻게 본단 말인가. 피가 쏟아져 내려왔다. 얼굴이 화끈거렸다.

나는 손을 들고 개나리 울타리를 보았다. 어깨가 끊어져나가는 것만 같았다. 나는 마룻바닥에 난 옹이구멍에 귀를 갖다 대보았다. 한숨 소리가 요란하게 들려왔다.

타조

오늘은 보건소에서 사람들이 와 예방접종 주사를 놓는 날이었다. 어제 담임선생님이 종례시간에 아이들에게 단단히 일러주었다.

"내일 예방접종이 있으니, 오늘 집에 돌아가거들랑 목간 좀 단단히들 하고 와라. 팔뚝만 닦지 말고, 온몸을 깨끗이 닦고 오라는 얘기다. 다들 알아들었지?"

"네에!"

"대답은 잘들 하네, 이놈들."

나는 예방접종 주사를 맞을 생각을 하니 잠을 이룰 수가 없었다. 어떻게든 피해 갈 방법이 있을 것이다. 아이들은 팔 뚝에 기저귀 고무줄을 묶고 소독약을 바를 때 눈을 감았다. 따끔한 순간만 참으면 되는데, 나는 그 순간까지 참을 수가 없었다. 줄이 줄어들수록 겁이 나고 피해 갈 방법은 없었다. 드디어 내 차례가 되었다. 간호사 아줌마가 고무줄로 내 팔을 묶었다. 그리고 소독약을 발랐다. 알코올램프에 주삿바늘을 소독했다. 주삿바늘이 따끔하게 내 팔뚝을 쏘았다. 나는 더 이상 참을 수 없었다.

나는 눈을 뜨고 교실 문 쪽으로 뛰었다. 책상 위에 차려진 주사약과 알코올램프, 소독약이 내 발길에 차여 엎어졌다. 나는 운동장을 가로질러 뛰었다. 나는 저수지까지 내달렸다. 주삿바늘이 그대로 팔뚝에 꽂혀 있었다. 측백나무 울타리까지 쫓아 나온 담임선생님이 나를 불렀다.

"너, 거기 서지 못해!"

나는 주삿바늘을 뽑을 줄 몰랐다. 어서 주삿바늘을 뽑지 않으면 큰일이 날 것 같았다.

"너 이놈, 주삿바늘 뽑지 않으면 죽는다."

나는 담임선생님이 하는 말을 곧이곧대로 믿지는 않았다.

나는 담임선생님이 나를 잡으러 뛰어오지 않을 거라는 걸 알고 있었다. 아이들도 측백나무 울타리까지 따라 나와 있었다.

"야, 김기덕. 빨리 와. 자꾸 시간 끌면 너만 손해야."

나는 고개를 숙이고 천천히 걸었다. 오늘은 내가 잘못한 것 같았다. 측백나무 울타리까지 다 왔을 때였다. 담임선생님은 달리기를 잘하는 아이들을 준비시켜놓고 있었다.

"저놈 잡아라!"

근수와 상필이, 용균이가 측백나무 울타리에서 뛰어나왔다. 나는 돌아서서 내달리기 시작했다. 근수와 상필이, 용균이는 육상부 아이들이었다. 나는 아이들에게 잡힐 수 없었다. 담임선생님의 뱀 껍질을 씌운 지휘봉이 나를 가만두지 않을 것이다. 아이들과의 거리는 점점 좁혀지고 있었다. 나는 이를 악 물었다. 나는 벌 떼가 쫓아온다고 생각했다. 벌 떼에게 쏘인다고 생각했다. 말벌 세 마리가 등 뒤에 바짝 붙어 쫓아오고 있었다.

"너 안 스냐! 안 서!"

나는, 그동안 내가 잡아먹은 산비둘기를 생각했다. 산비둘기는 너무 느리게 나는 새였다. 나는 산비둘기가 되었다. 아

슬아슬하게 쫓아오는 아이들 손이 내 등을 움켜잡으려 하고
있었다.

"안 서!"

나는 꿩을 생각했다. 푸다다닥 땅을 박차고 뛰어오르는 꿩
을, 나는 열 마리도 더 잡아먹었다. 콩 속에 '싸이나'를 넣어
잡은 꿩은 맥을 못 췄다. 나는 좀더 잽싼 새를 생각해내려고
이를 악물었다. 참새와 때까치밖에 떠오르지 않았다. 나는
잡히기 일보 직전에 몰렸다.

"증말 안 슬겨!"

나는 잽싸게 절름발이 까치를 떠올렸다. 누군가 꿩이나 비
둘기를 잡아먹으려고 놓은 덫에 물려, 다리를 저는 까치였
다. 우리 동네에서 절름발이 까치를 잡아보지 못한 사람은
달리기를 못하는 사람들뿐이었다. 무수히 날개로 땅바닥을
치면서 달려가는 절름발이 까치는 도움닫기를 조금만 더하
면 날아오를 수 있었다. 그러나 절름발이 까치는, 저는 한쪽
다리 때문에 중심을 못 잡고 갱고랑에 처박히고 말았다.

나는 내가 잡지 못한 새를 떠올렸다. 부엉이나 솔개나 독
수리는 도망치지 않았다. 도망치는 것 중에서 제일 날쌘 놈

이 무얼까? 나는 타조가 되기로 했다. 시속 육십 킬로미터로 달리는데 니들이 타조를 잡을 수 있겠어?

"나는, 타조다! 나는, 타조다! 나는, 타조다!"

단거리 선수들은 지쳐서 한 명씩 기권하기 시작했다. 그래도 끝까지 따라온 아이는 용균이었다. 나는 바닷가까지 내달렸다. 내 팔뚝에서 주삿바늘이 떨어지고 없었다.

단축 마라톤에서 기권한 아이들이 돌아갔다. 나는 걱정이 되어 학교로 돌아가지 않을 수 없었다. 나는 6교시 수업이 끝나고 교실로 들어갔다.

담임선생님은 뱀 껍질을 씌운 지휘봉을 들고 종례를 하고 있었다. 담임선생님은 육상부 코치였다.

"종례 마치고, 기덕이는 나 좀 보자."

나는 교무실로 담임선생님을 따라갔다.

"기덕아, 너 육상부에 들어와라. 오늘 달리는 거 보니, 조금만 연습하면 잘하겠더라."

나는 고개를 끄덕거렸다.

"그래. 오늘은 일찍 가서 쉬고, 내일부터 나와라."

담임선생님은 내 머리를 두 번 쓰다듬었다. 그리고 어깨도 두 번 두드려주었다.

"자, 오늘은 그만 가봐. 팔뚝에 묶인 고무줄은 풀어놓고 가
야지."

나는 기저귀 고무줄을 풀었다. 담임선생님 책상 위에 두
손으로 올려놓았다. 나는 고개를 숙여 인사를 했다. 목소리
는 나오지 않았다.

삼륜차

동네 사람들이 논에서 모내기를 하고 있었다. 일꾼을 사 모내기를 하는 주인은 서둘렀다. 하루 동안에 일을 모두 끝내고 싶어 했다. 참을 먹는 시간도 아까운 듯했다. 아카시아 꽃이 피어난 찻길에 삼륜차가 달려오고 있었다. 먹고 나면 졸음이 쏟아지는 계절이었다. 아저씨들은 막걸리를 한 잔씩 마시고 논으로 들어갔다.

미봉교(美峯橋)로 접어든 삼륜차가 사라졌다. 운전수가 미봉교 밑에서 기어올라 왔다. 삼륜차가 미봉교 아래로 떨어진 것이다. 운전수가 동네 사람들을 향해 소리쳤다.

"차가 빠졌으니, 어여들 와서 차 좀 들어 올립시다!"

동네 사람 누구도 운전수의 말을 들으려고 하지 않았다. 급한 것은 운전수나 동네 사람들이나 마찬가지였다. 속이 타는 건 운전수 쪽이었다. 운전수는 미봉교 아래로 내려갔다. 무엇을 하는지 한참 동안 올라오지 않았다.

운전수가 미봉교 위로 올라왔다. 운전수는 동네 사람들 곁으로 걸어왔다.

"모 심느라 고생들이 많네요. 차가 다리 밑으로 떨어졌는데, 손목에 찼던 금시계가 달아나버렸지 뭡니까. 아무리 찾아도 못 찾겠어요."

금시계를 잃어버렸다는 말에 동네 사람들 눈에 빛이 나기 시작했다. 은정이네 엄마가 말했다.

"증말, 금시계 맞아유? 금시계 맞냐구유?"

"내가 왜 거짓말을 하겠어요. 백 퍼센트 금시계라니까요. 찾는 사람이 가져도 좋아요. 어차피 금시계는 포기했어요."

"증말, 찾으면 딴소리 안 할 거지유?"

"한 입 갖고 두말하겠어요. 여러분, 어서 금시계 찾으러 갑시다."

동네 사람들이 앞 다투어 논에서 나왔다. 운전수는 꼴찌로 걸었다. 어떻게들 알았는지 동네 사람들이 미봉교 아래로 모여들었다. 동네 사람들은 미봉교 아래 풀을 헤쳤다. 진흙을 주물러 금시계를 찾았다. 운전수는 미봉교 위에 앉아 담배를 피웠다.

"그쪽은 내가 다 찾아봤어요. 차 밑만 뒤져보지 않았는데 차 밑으로 들어간 게 분명합니다. 모두 힘을 합쳐 차를 들어 올리고 금시계를 찾읍시다."

아저씨들은 각자 집으로 흩어졌다. 지렛대로 쓸 만한 나무와 밧줄을 들고 돌아왔다. 운전수는 감독을 했다. 동네 사람들은 힘을 합쳐 삼륜차를 꺼냈다. 운전수는 시동을 걸었다. 동네 사람들은 미봉교 아래로 내려가 금시계를 찾았다. 금시계는 나오지 않았다. 어른들이 속은 걸 알아차렸을 때는 삼륜차와 운전수가 떠난 뒤였다.

어른들은 욕을 한 마디씩 뱉어놓고 미봉교를 떠났다. 어른들이 떠난 자리를 아이들이 차지했다. 아이들은 어두워질 때까지 금시계에 대한 욕심을 버리지 못했다. 어딘가에 금시계가 묻혀 있을 것이다. 금은 무거우니 진흙 깊숙이 숨었을 것이다.

나는 삽을 들고 와 진흙을 둑에 퍼 올렸다. 이번 삽에는 금시계가 올라올 것이다. 나는 믿음을 버릴 수 없었다.

끝내 금시계는 나오지 않았다. 나는 신경질이 나서 견딜 수 없었다. 삼륜차가 다시 빠지도록 미봉교 위에 큰 돌을 들어다 놓았다. 플래시 불빛이 다가왔다.

"기덕아, 너 여기서 뭣 해?"

유란이였다. 나는 어떻게 둘러댈까 망설였다.

"너 혹시, 지금까지 금시계 찾고 있었니?"

"아니, 그게 아니라……."

"그럼, 뭐 했어? 왜, 다리 위에 돌을 옮겨 놨어?"

"이거. 차가 다시 빠질까 봐 그런 거야. 천천히 달리라고 말이야."

"정말 그런 거야?"

"그럼. 내가 왜 거짓말하겠어. 넌 지금, 어디 가냐?"

"아빠 심부름 가는 길이야."

"심부름 간다고?"

"담배 심부름 가."

"그럼, 같이 갈까? 무섭지 않냐?"

"내가 애들이야? 무섭게. 어서 집에 가서 밥이나 먹어."

유란이는 플래시 불빛으로 찻길 바닥을 비추면서 걸어갔다.

오이꽃버섯

나는 유란이를 따라 미봉산에 올랐다. 토종 소나무 숲이 울창해 햇빛이 들어갈 틈을 내주지 않았다. 바닥엔 솔가리가 수북이 쌓여 한 발자국 옮길 때마다 촉촉한 물기가 묻어 나왔다. 나는 숨이 차올랐다. 다리 힘이 빠져 간신히 무릎을 짚고 유란이 뒤를 따랐다. 좀 쉬었다 가면 어디가 덧나나. 유란이는 내가 따라잡을 수 없는 거리를 벌려놓고 비탈길을 오르고 있었다. 위로 오를수록 토종 소나무들이 작아져 유란이 모습이 사라졌다 나타났다 했다. 나는 그 자리에 주저앉고 싶었다. 남자가 여자에게 진다는 건 있을 수 없는 일이었다. 유란이는 돌무더기 길을 지났다. 명감나무와 개금나무, 떡갈나무만이 살 수 있는 자리였다.

나는 숨을 헐떡거렸다. 따라오지 말 걸 그랬다, 후회가 되기 시작했다. 유란이는 남자들이나 하는 축구를 하는 계집아이로 변했다. 유란이 집에는 인형 대신 축구공이 있었다. 또래 애들 중에 유란이를 이기는 아이는 철민이뿐이었다. 철민이는 5학년에서 가장 싸움을 잘하는 아이였다. 하지만 철민이도 유란이를 깔보고 함부로 대하지는 못했다.

나는 플라스틱 바가지를 양손에 들고 있었다. 나는 유란이 것까지 맡아 들고 있었다. 오이꽃버섯을 따러 온 길인데, 너무 욕심을 부려 깊이 들어오고 말았다. 유란이가 돌무더기 중간 지점에 서 있었다. 내가 다가갔을 때, 유란이는 온몸을 떨고 있었다. 유란이의 얼굴은 돌이끼처럼 파랗게 질려 있었다. 나는 그런 유란이 모습을 처음 보았다.

"왜 그래. 귀신 본 거야? 야, 이유란!"

유란이가 내디딘 오른발 아래엔 한 무더기 뱀이 꿈틀거리고 있었다. 나는 그 자리에서 얼어붙고 말았다. 뱀들은 무더기 속에서 꿈틀거리고 있었다. 나는 그렇게 징그럽고 무서운

걸 보지 못했다. 유란이는 그 자리에서 움직이지 못했다. 벌벌 떨리는 유란이 몸동작이 뱀 무더기에게로 전달되고 있었다. 어찌해야 하나? 나는 얼른 생각이 떠오르지 않았다. 산을 내려가 어른을 불러오는 수밖에 없었다. 어른을 불러올 때까지 유란이가 뱀에 물리지 않기를 바라는 수밖에 없었다. 나는 돌아서서 뛰기 시작했다. 나는 칡넝쿨 줄기에 걸려 넘어졌다. 돌에 무릎이 까져 쓰라렸다. 나는 주먹을 불끈 쥐고 미봉산 아래 첫 집, 오리를 키우는 집으로 내달렸다. 오리집 아저씨는 장화를 신고 앞이 넓적한 삽을 들고, 아무렇게나 물똥이 깔겨진 오리 우리를 청소하고 있었다.

"아저씨, 큰일 났어요. 유란이가 죽었을지도 몰라요."

오리집 아저씨는 웬 호들갑이냐, 내 얼굴을 뚫어지게 쳐다보았다.

"차근차근 말해봐, 임마. 유란이가 어찌 되었다고?"

"유란이가…… 미봉산 돌무더기 뱀이 엉킨 데다 발을 디뎠어요."

오리집 아저씨는, 묽은 똥이 깔린 오리 우리에서 나왔다.

"뱀이 많더냐?"

"한 백 마리는 될 것 같았어요."

"그렇게나 많아? 다 물뱀은 아니겠지?"

"독사도 많았어요."

오리집 아저씨는 비료 부대와 연탄집게를 집어 들었다. 나를 앞장세운 오리집 아저씨는 담배를 물었다.

"어서 어서 가자. 뱀 도망가겠다!"

오리집 아저씨는 신명이 나 있었다. 유란이가 어찌 되든지 상관이 없었다. 그 많은 뱀이 어디로 도망갈까 봐 안절부절못했다. 오리집 아저씨는 독사를 잡아다 주면 쩨쩨하게 백 원짜리 동전 하나만을 내줬다. 자신은 읍내 생사탕 집에 가져가 오백 원을 받고 팔면서 말이다.

오랜만에 힘들이지 않고 뱀을 쓸어 담게 되었으니, 신이 나지 않을 리 없었다. 오리집 아저씨는 필터가 다 탈 때까지 담뱃불을 물고 있었다. 불똥이 필터에서 똑 떨어질 때까지 담뱃불을 물고 다녔다.

유란이는 겁에 질려 넋을 놓고 있었다. 오리집 아저씨는 입고 있던 셔츠를 벗어 돌무더기 한쪽에 깔았다. 유란이를 들어 올려 셔츠 위에 눕혔다.

"괜찮은 거냐? 얼마나 무서웠을까. 넌 명이 길 거다."

유란이는 이를 부딪치면서 떨었다.

"이거 물뱀 아냐!"

오리집 아저씨는 집게로 뱀을 주워 담았다. 나는 비료 부
대를 벌려 잡았다. 나는 뱀에 물릴까 봐 두려웠다. 나는 눈을
질끈 감았다 떴다를 반복했다.

"아저씨, 아직 멀었어요?"

"이제 거의 됐다. 조금만 참아."

오리집 아저씨는 나일론 줄로 비료 부대 입을 틀어 묶었
다. 팔에 비료 부대를 묶었다.

유란이를 업은 오리집 아저씨는, 팔에 묶은 비료 부대를
질질 끌었다. 유란이는 끊임없이 경기를 일으켰다. 오리집
아저씨는 뭐가 그리 좋은지 어깨를 으쓱거렸다. 내리막길 내
내 휘파람을 불었다.

"물뱀 주제에 무겁긴 징그럽게 무겁네. 잡것들하고는."

유란이는 오리집 아저씨 등에 업혀 미봉사을 내려왔다. 아
무도 없는 집 아랫목에 눕혀졌다. 한여름인데도 유란이는 몸
서리를 쳤다. 나는 펄펄 끓는 유란이의 이마를 짚었다. 나는

깜짝 놀라 손을 떼었다.

"어따 손 대!"

유란이는 쌀쌀맞게도 내 손을 내쳤다.

"다시 한 번 손댔단 봐. 너 죽을 줄 알아!"

나는 어디다 눈을 둬야 할지 몰랐다. 나는 고춧가루 부대를 뒤집어쓰고, 어딘가로 도망쳤다.

언제부턴가 유란이가 변하기 시작했다. 남자아이들과 어울려 노는 횟수가 줄어들었다. 말이 없어졌고, 혼자서 우두커니 앉아 있는 시간이 길어졌다. 유란이에게 사춘기가 시작되었다.

비밀

나는 고모할머니네 집에 심부름을 가고 있었다. 유란이가 마당으로 나왔다. 유란이는 눈을 비비면서 비틀거렸다. 낮잠이 덜 깬 모양이었다. 나는 유란이에게 손을 들어 보였다.

"이유란, 너 낮잠 잤냐?"

유란이는 아무런 대꾸도 하지 않았다. 오늘은 학교에서 봉사활동을 갔었다. 오전 내내 땡볕에서 고추 따는 일을 돕고 돌아왔다. 유란이는 피곤해서 잠이 들었던 모양이다. 유란이는 나를 본체만체 담 밑으로 가서 앉았다. 유란이는 바지를 내리고 오줌을 누기 시작했다. 나는 걸음을 멈추었다. 유란이와 나 사이의 거리는 십 미터도 되지 않았다. 나는 어디에 눈을 둬야 할지 몰랐다. 유란이는 아무렇지도 않게 일어나 바지를 올렸다. 유란이는 눈을 비비면서 집으로 들어갔다.

유란이는 꿈을 꾼 것이 분명했다. 꿈속에서 본 것은 꿈을 깨면 없어지기 마련이다. 유란이는 꿈속에서 오줌이 마려웠던 것이다. 나는 꿈속에서 유란이가 오줌을 누는 것을 본 것이다. 유란이는 마루로 오르다 팔 힘이 빠져 턱을 찧었다. 나는 유란이와 눈이 마주치고 말았다.

담임선생님은 아침 일찍 학교에 오는 다섯 명에게 청소당번을 빼주었다. 다섯 명 안에 못 든 아이들에겐 종례가 끝나고 늦게까지 청소를 시켰다. 우리 반 아이들은 다섯 명 안에 들려고 경쟁을 했다. 눈을 뜨자마자 책보를 챙겨 들고 학교로 뜀박질을 했다.

봄 소풍을 갔다 온 날이었다. 잠에서 깨어나니 날이 밝아오고 있었다. 나는 서둘러 책보를 싸 들고 학교로 달렸다. 날이 밝기 전에 학교에 가면 1등 할 것이 분명했다. 나는 교실 문을 열고 들어가 앉았다. 나는 산수 숙제를 했다. 교실에는 전깃

불이 없었다. 교실 안은 캄캄했다. 창문을 열어놓았다. 날이 점점 어두워지기 시작했다. 숙직실에 전기불이 켜져 있었다.

나는 저녁을 새벽으로 알았다. 다시 책보를 싸 들고 집으로 걸었다. 공동묘지 아래 상엿집이 있었다. 읍내에서 오는 막차 불빛이 언덕을 넘어오고 있었다. 하늘에는 비단실이 뿌려지고 있었다.

언젠가 꿈속에서 배가 아파 마당에서 똥을 눈 적이 있었다. 피곤할 때 꿈을 꾸다 보면 꿈속인지 아닌지 분간이 안 되었다. 배가 고파 부엌에 가서 밥을 먹었는데 꿈에서 깨어나면 다시 배가 고팠다. 분명히 오줌을 누었는데 꿈에서 깨어나면 금방 오줌이 마려웠다. 꿈속에서 똥을 누는데 아버지와 어머니와 동생들이 나를 놀려댔다. 꿈속에서는 아무리 놀림을 받아도 깨어나면 아무렇지도 않았다. 나를 놀려대는 아버지와 어머니와 동생들은 내가 꿈을 깨면 모두 자고 있을 것이다. 내가 마당에서 똥을 눈 것을 알지 못할 것이다.

어머니가 밥 먹고 자라고 흔들어 깨웠다.

"기덱아, 넌 동생들 보기에 부끄럽지도 않냐?"

"내가 뭘요?"

"왜, 사람들 보는 앞에서 똥을 누는 것이냐?"

"내가 언제 똥을 눴다고 그래요?"

"그럼, 아까, 마당에서 똥 눈 사람이 누구냐?"

나는 아무 말도 할 수 없었다.

유란이는 아직도 꿈속의 일과 꿈 밖의 일을 분간 못 할 때가 있는 모양이었다.

토마토

길가에는 탐스런 토마토가 알알이 열려 있었다. 토마토 아린 냄새가 확 풍겼다. 토마토 밭에는 경고문 팻말이 붙어 있었다.

농약 뿌려 놔씀. 몰래 따머꼬 주거도 책임 앉짐. 주인 백

나는 갑자기 아파오는 배를 움켜쥐고 걸었다.

길가의 토마토 밭에서는 손만 뻗어도 쉽게 슬쩍할 수가 있었다. 주인 할아버지는 속이 탔을 것이었다. 어떻게 하면 토

마토에 손을 대지 못하게 하나? 궁리에 궁리를 한 결과 내린 묘안이 팻말을 세우는 것이었다. 하지만 팻말은 논밭에 세워 놓은 허수아비 같았다. 그걸 곧이곧대로 믿는 멍텅구리는 없었다. 농약을 뿌려도 비가 내리면 씻겨 내려갔다. 주인 할아버지는 화가 머리끝까지 올랐다. 무시당한다는 사실에 치를 떨었다. 할아버지는 극약 처방을 내렸다. 그 첫 번째 희생양이 하필 나였다.

나는 토마토를 얇게 썰어 흰 설탕을 뿌려 먹는 걸 즐겼다.

여름인데도 주머니가 많고 깊은 겨울 점퍼를 입고 토마토밭을 따라 산책을 나갔다. 주인 할아버지가 토마토 밭 어딘가에 숨어 있다, 불쑥 나올 것 같아 플래시를 비춰보았다. 나는 몇 번이고 토마토 밭을 따라 왔다 갔다 한 다음에야 손을 집어넣었다. 나는 안전하지 않으면 실행에 옮기지 않았다.

내 주먹 크기보다 굵은 토마토를 따 단숨에 베어 물었다. 즉석에서 따서 먹는 토마토. 입가에 흘러나온 즙을 쓱쓱 문지르며 먹는 토마토는 별미 중 별미였다.

주인 할아버지는 토마토에 가루농약을 쳐놓았다. 집에 돌아온 나는 부엌에 들어가 바가지에 토마토를 담았다. 바가지에 물을 붓자 하얀 분말이 떠올랐다. 나는 덜컥 겁이 나기 시작했다. 주인 할아버지가 가루농약을 쳐놓은 것이 분명했다. 나는 토마토 두 개를 씻지도 않고 먹었다. 배가 살살 아파오기 시작했다. 나는 배를 끌어안고 뒹굴었다.

어머니는 애가 뭘 잘못 먹었나? 뭘 먹고 체했나? 바늘소쿠리를 들고 와 머릿기름에 바늘을 긁어 소독했다. 나는 죽는 일이 있어도 말할 수 없었다. 토마토를 따먹었다는 말이 나오지 않았다. 그러나 어머니는 금세 알아차렸다. 바가지에 담긴 토마토와 바가지 물 위에 떠오른 분말을 보고, 내가 가루농약을 먹은 걸 알았다.

"잘한다. 잘하는 일이다."

어머니는 잠시도 가만히 붙어 있지 못하는 아들을 원망했다. 어머니는 택시를 부르러 마을회관으로 뛰었다. 나는 어머니 눈에 번지는 눈물을 보았다. 나는 숨을 쉴 수 없었다. 그동안 어떻게 숨을 쉬었는지 알 수 없었다. 택시를 부르러 갔던 어머니는 소금물을 타서 들고 왔다. 숟가락으로 떠서 입안에 넣어주었다.

"조금만 참아라. 택시 금방 온다. 자면 안 된다. 자면 안 된다."

나는 그때 알았다. 자신을 이기는 것이 얼마나 어려운 일인지. 참고 참아야 자신을 이길 수 있다는 것을 알았다. 입안에서 토마토가 올라왔다. 속이 뒤틀렸다. 한 번이라도 나를 이기는 일은 쉽지 않았다. 어머니가 등을 두드려주었다. 나는 내 입안에 손가락을 집어넣고 토했다. 택시가 마당에 도착했다. 처음으로 집 안팎에 불이 켜졌다.

택시는 병원을 향해 달렸다. 차창에 맺힌 빗방울이 굴러다녔다. 나는 눈물을 훔치지 않았다. 슬픔이 차창 밖에 맺힌 빗방울로 보였다. 내 능력으로는 어떻게 할 수 없었다. 어머니 무릎이 따뜻해서, 통증이 잠시 물러가서, 깜박 졸음이 쏟아졌다. 자갈을 튕기는 택시 바퀴 소리가 날개를 달아주었다.

보창

나는 바깥마당 마루에 앉아 있었다. 들판 한가운데 냇물이 흐르고 있었다. 미루나무 한 그루가 냇가에 우뚝 서 있었다. 장맛비가 바람에 날리고 있었다. 미루나무는 속이 다 비치는 얇고 부드러운 옷자락을 펄럭이며 서 있었다. 미루나무는 하늘을 쓸고 있는 빗자루처럼 보였다. 끝이 휘어진 미루나무는 자잘한 잎사귀를 부르르 떨고 있었다.

나는 비료 부대 우비 속에 책보를 품고 집에 돌아갔다. 하루 종일 장맛비가 퍼붓고 있었다. 길이란 길은 빗물에 잠겨 보이지 않았다. 종아리까지 빗물이 차올랐다. 개울은 불어나 어디 한군데 건너기 만만한 곳이 없었다. 나는 휩쓸려 내려오는 빗물 굽이에 겁을 집어먹었다. 나는 기가 꺾였다. 매일 건너다니던 다리까지 빗물에 잠겨 보이지 않았다. 마냥 비가 그치기를 기다릴 수는 없었다. 나는 굽이치는 냇물 속에 발을 들여놓았다. 냇물은 허리까지 차올랐다. 물살은 내 몸을 밀어붙였다. 냇물 아래에는 '보창'이라고 불리는 큰 웅덩이가 있었다.

아무리 가물어도 바닥을 드러내지 않는 웅덩이였다. 시퍼런 웅덩이가 내 머릿속에 자리 잡고 있었다. 흙탕물이 허옇게 곤두박질쳐 웅덩이 입 속으로 빨려들고 있었다. 나는 질끈 눈을 감았다. 나는 눈물이 쏙 빠지도록 눈을 질끈 감았다. 한 뼘 한 뼘 바닥을 더듬어 냇물을 건너갔다. 우렁찬 음악 소리가 내 몸을 붙들어 매었다. 나는 포로가 되어 한 뼘도 움직일 수가 없었다.

나는 넓적한 돌을 밟고 있었다. 물이끼가 낀 돌은 미끄럽기 짝이 없었다. 나는 호랑이에게 물려 가고 있었다. 정신만 차리면 살 수 있다. 그 말은 어디까지나 호랑이를 보지 못한 사람이 할 수 있는 말이었다. 나는 한 치 앞도 분간할 수 없

었다. 미끄러운 돌에 올려진 한쪽 발이 중심을 잃었다. 나는 물살에 휩쓸려 웅덩이 속으로 빨려들었다.

내 몸은 낚시찌처럼 밑으로 빨려들었다 위로 솟구쳐 올랐다. 밑으로 세 번 빨려들면 영영 살아서 나가지 못한다는 말이 떠올랐다. 내 손에 잡힌 것은 미끄러운 물풀 몇 가닥이었다. 나는 웅덩이로 쓰러진 아카시아나무를 보았다. 아카시아 가시는 문제가 되지 않았다. 손을 쭉 뻗어 아카시아 가지를 잡아 당겼다. 웅덩이 기슭에 간신히 붙어 있던 아카시아 뿌리가 뽑혔다. 아카시아나무는 물살에 실려 떠내려갔다. 나는 그때서야 수영을 할 수 있는 능력을 찾았다. 나는 물살을 뚫고 기슭으로 나아갔다. 기슭에 난 풀을 한 움큼 움켜쥐고 웅덩이를 벗어날 수 있었다. 웅덩이는 흙탕물을 부글부글 끓이고 있었다.

나는 손안에 풀을 한 움큼 쥐고 있었다. 나는 자리에서 벌떡 일어나 앉았다. 아이들 틈에 유란이가 보였다. 굵은 빗줄기가 앞을 가로막고 있었다.

아이들은 냇물을 건널 생각을 하지 못했다. 평소 같으면 기껏해야 이 미터가 될까 말까 한 냇물 폭이 십 미터로 불어나 있었다. 아이들은 물살을 보고 기가 꺾여 있었다. 나는 발걸음을 빨리 했다. 후닥닥 집으로 달려가서 새끼줄을 가져올 작정이었다. 냇물 양쪽 버드나무에 줄을 묶어놓고 유란이를 안전하게 건너게 할 작정이었다. 물살이 센 곳은 기껏해야 삼사 미터 정도였다. 그 구간만 조심하면 탈이 없었다.

아이들은 서로 먼저 건너라고 미루었다. 앞장선 것은 역시 유란이였다. 유란이가 눈 한 번 깜박하지 않고 냇물을 건너왔다. 아이들도 용기를 내어 버드나무에 팽팽하게 연결된 새끼줄을 잡고 냇물을 건넜다. 유란이는 고맙다는 말 한 마디 없이 앞서 걸었다.

오이풀

유란이가 웃으면 양쪽 볼에 보조개가 들어갔다. 나는 보조개를 보기 위해 유란이가 웃기만을 기다렸다. 일요일 교회에 갔다 오는 유란이가 원두막 앞을 지나고 있었다. 나는 라디오 볼륨을 최대로 높였다. 유란이는 나를 외면했다.

"이유란, 교회 갔다 오냐?"

유란이는 대꾸하지 않았다.

"야, 너 어저께 재숙이랑 붙었다며? 니가 졌지?"

유란이는 돌아서서 눈을 부라렸다.

"너, 내가 그깐 애한테 질 것 같아!"

"애들이 그러던데, 네가 졌다더라."

"누가 그딴 소릴 하고 다녀! 누구야! 그게 누구냐고!"

"애들이 다 그러던데. 너만 이겼다고 생각하는 거 아냐?"

유란이 눈에 핏발이 섰다. 유란이는 눈을 치켜뜨고 원두막
으로 다가섰다.

"왜 나한테 화 내나?"

"지금 화 안 나게 생겼어! 그게 누구야. 빨리 말 못 해!"

유란이는 독이 잔뜩 올라 있었다.

"너는 교회 가서 독을 채워 오냐."

유란이의 눈은 금방이라도 눈물을 쏟아낼 것 같았다.

"너, 나한테 왜 그래? 나한테만 왜 그러냐고!"

유란이는 원두막 밑에 있던 양동이를 걷어찼다.

"미안하다. 내가 잘못했다. 그러니 화 풀어라."

"병 주고 약 주고 다 하네."

나는 유란이 앞에 수박 한 쪽을 내밀었다.

"내가 그딴 거 먹을 줄 알아! 내가 네 눈에도 그렇게 우습
게 보여?"

나는 더 이상 할 말이 없었다.

요즘 들어 유란이 말수가 줄었다. 말이 없어진 만큼 신경이 곤두서 있었다.

유란이를 낳아준 엄마는 유란이가 두 살 때 돌아가셨다. 지금 유란이 엄마는 새엄마였다. 아무래도 유란이와는 닮은 구석이 없었다. 유란이는 며칠 동안 학교에도 오지 않았다. 유란이는 아이들이 수군거리기만 해도 자기 흉을 보는 줄 알았다.

"유란아, 정말 미안하다. 내가 사과할게."

나는 유란이 앞에서 손바닥을 비볐다. 유란이 눈에 눈물이 맺혔다. 한 번 맺힌 눈물은 멎지 않았다. 유란이는 어깨를 들썩이면서 울기 시작했다. 나는 어찌할 바를 몰랐다.

"다신 그러지 않을게. 한 번만 봐줘라."

유란이는 울음을 그치지 않았다. 나는 더는 뭐라고 할 말이 없었다. 나는 감나무 밑으로 걸었다. 작년 봄에 접붙인 감나무였다. 키 작은 감나무에 접시감이 세 개 열렸다. 매미가 붙어 울다 오줌을 찍 갈기고 날아갔다. 누군가 봐주는 사람이 있으면 울음은 끝나지 않는다. 유란이는 눈을 비비며 울

고 있었다.

사마귀 한 마리가 억새풀에 붙어 있었다. 3학년 때 담임선생님이 들려준 이야기가 생각났다. 담임선생님은 숙제는 꼭 해놓고 놀라고 했다. 들판을 정신없이 뛰어다니다 뱀에 물리거나 벌과 벌레에 쏘이거나 할까 봐 주의를 주었다. 사마귀 오줌이 눈에 들어가면 눈이 먼다고 했다. 정말 눈이 머는지 실험해볼 수는 없었다. 멍석을 말아 쌓아둔 헛간에서 활 장난을 하다 눈이 먼 사람은 있었다. 재석이가 멍석 저편에 숨어 있는 덕령이에게 화살을 쏘았다. 화살 끝에는 펜치로 대가리를 끊은 못이 박혀 있었다. 덕령이는 멍석 말린 구멍으로 재석을 보다가 눈에 화살을 맞았다. 한쪽 눈이 멀었다.

나는 사마귀를 잡았다. 사마귀를 들고 유란이에게로 갔다.

"유란아, 계속해서 울면 이 사마귀가 네게 오줌을 갈길지도 몰라. 사마귀 오줌이 눈에 들어가면 눈이 멀어버린대. 자꾸 울면서 눈을 비비면 사마귀 오줌이 눈으로 들어가겠지. 그래도 울래?"

유란이는 천천히 울음을 그쳤다.

"유란아, 내가 좋은 냄새 맡게 해줄게. 싱그러운 냄새야.

네가 좋아하는 오이 냄새."

나는 오이풀이 있는 밭둑으로 갔다. 오이풀을 한 주먹 뜯었다. 나는 유란이에게 오이풀을 내밀었다.

"너도 따라서 해봐."

나는 오이풀을 손안에서 비비기 시작했다.

"네가 좋아하는 오이 냄새가 오이밭에서 달려오고 있어. 오이 냄새를 맡으면 머릿속이 상쾌해질 거야. 벌써 오이 냄새가 도착했어."

나는 손안에서 비빈 오이풀을 유란이 코앞에 가져갔다.

"나지? 오이 냄새 나지?"

유란이 두 볼에 보조개가 살짝 파였다.

서울고모

고모는 할아버지와 할머니 제사 때나 내려와서는 화장품 냄새, 향수 냄새를 집 안 가득 퍼뜨리고 올라갔다. 고모부는 경찰관이었다. 6·25가 터져 전쟁터에 나간 후 실종되었다. 고모부는 외아들 하나만을 달랑 남겨놓고 행방불명되었다. 고모는 외아들을 친정에 맡겨놓고 서울로 올라갔다. 남대문시장에서 닥치는 대로 행상을 했다. 고모는 악착같이 돈을 모았다. 종로에 한옥을 장만해 아들을 데려갔다. 고모의 크지 못한 키는 몸무게로 불어나 드럼통을 연상시켰다.

고모가 들고 온 가방에는 값비싼 선물들이 가득 들었다. 형제들에게 나눠 줄 옷가지며 반지, 목걸이, 팔찌, 더러는 외제 시계나 카세트, 양주, 초콜릿, 과자가 방바닥에 진열되었다. 고모는 여관을 하고 있었다. 방이 스무 개가 넘었다. 옆집이 나오면 사 들여 방을 늘려가고 있었다. 옷과 양주, 초콜릿, 과자를 제외한 나머지 선물들은, 여관비 모자란 손님들이 맡겨놓고 찾아가지 않은 물건이었다. 고모는 선물꾸러미를 풀어놓고 자랑을 늘어놓았다. 고모는 방물장수처럼 보였다. 물건의 가치를 부풀려 설명해놓고 공짜로 나눠 주었다.

일곱 형제들은 새벽까지, 고모의 말에 귀를 기울였다. 선물을 받아가서 동네 사람들에게 자랑하기 위해서는, 한 가지라도 설명을 놓치면 안 되었다. 고모의 눈 밖에 나면 선물을 못 받거나 마음에 차지 않는 것을 받게 될까 봐 조바심을 내었다. 고모는 새벽까지 잠 안 자는 훈련이 되어 있었다. 그러나 나머지 형제들은, 저녁 여덟 시만 되면 눈꺼풀이 붙기 시작했다. 나머지 형제들은 모두 농사를 짓고 있었다. 일곱 형제는 토끼 눈이 되어 깜박 졸다가도, 깜짝 놀라 자세를 바로 잡고 앉았다. 나는 눈을 비비며 졸음을 참다못해 잠들곤 했다. 일어나 제삿밥 먹고 자라는, 어머니 목소리가 잠결에 들릴 뿐이었다. 잠에서 깨어보면 벌써 날이 밝아 있었다.

고모는 유난히도 깔끔을 떨었다. 세면을 하고 얼굴과 손을 닦을 때에도 자기가 가져온 수건을 꺼내 사용했다. 밥상 앞에서는 먹지 못할 무엇이 들었나 유난을 떨었다. 심지어는 하얀 양말에 먼지가 묻을까 봐 뒤꿈치를 들고 걸었다. 하이힐을 신을 때는 손수건을 꺼내 먼지를 닦아냈다. 어머니는 눈꼴사납다고 눈을 흘겼다.

"혼자 깔끔한 척 꼴값 다 떨고 있네. 두 눈 뜨고는 못 봐준다니께. 지가 언제부터 귀부인 됐다고 저 난리 지랄이냐."

아버지와 어머니는 동갑내기였다. 고모와는 무려 스무 살 터울이 지는데도 어머니는 고모보다 겉늙어 보였다. 고모가 집 밖으로 나가자 어머니는 심술이 돋아 한마디 쏘아붙였다.

"매일 해주는 밥 받아먹고, 거울 앞에 앉아 화장품 찍어 바르니 저렇지. 나도 가꿔만 봐라, 하늘에서 내려온 선녀 뺨치지. 암, 선녀가 엎드려 백 번도 절하고말고."

어머니는 부엌문 옆 거울에 까맣게 그을린 얼굴을 담갔다 건져냈다. 돼지에게 먹일 구정물 양동이를 들고 밖으로 나갔다. 미닫이문이 어딘가 찢어지는 소리를 내며 닫혔다.

"나도 서울로 시집갔더라면……."

나는 마음이 울적해졌다. 어머니가 남긴 말꼬리의 여운이 머릿속에 남았다. 계속 맴을 돌고 돌았다. 나는 어머니가 남긴 말꼬리를 잡고 집 밖으로 나왔다.

'나도 서울서 태어났더라면…….'

어머니가 서울로 시집갔더라면, 나는 이 세상에 태어날 수 없었을 것이다. 세상에 태어난 것은 축복받은 것이다. 이 세상에 태어난 것만 봐도 분명 선택받은 것이다. 나는 건넌방 굴뚝 옆에 기대어 생각에 잠겼다.

고모는 변소에 들어가서 한참 동안 나올 생각을 하지 않았다. 설사라도 하고 있는 것인가. 그게 아님 변소 냄새에 질식해서 기절이라도 한 것인가. 고모는 변소에 가는 것을 싫어했다. 우리 집 변소는 구더기가 우글거리고, 똥파리가 윙윙대는 변소였다. 변소에 갔다 올 때마다 수세식으로 고쳐준다고 해놓고서 서울로 올라가서는 통 연락이 없었다. 고모는 언제나 깨끗하게 해놓고 살라고 참견만 할 뿐이었다. 고모는 한 손으로 코를 틀어막고 입을 감싸 안고 변소 함석 문을 밀

치고 나왔다. 변소에 들어간 뒤로는 숨 한 번 안 쉰 사람 같았다. 그 뽀얗던 얼굴이 홍당무가 되어 있었다. 고모는 변소에서 나와 참았던 숨을 몰아쉬었다. 한 손을 설레설레 휘저었다.

"얘야, 화장지도 못 사놓냐? 어디 밑 닦을 것이 있어야지. 나 오늘 기절하는 줄 알았다."

고모는 나를 힐끔 돌아보고 집 안으로 들어갔다. 집 안에서 셋째 고모 목소리가 들려왔다.

"나 원. 불안해서 화장실도 제대로 못 가겠네. 화장실 가는 게 지옥 가는 것만큼이나 무섭고 두려워서야. 주머니에 빳빳한 지폐라도 몇 장 있었으니 망정이지. 하루 종일 쭈그리고 앉아 있을 뻔했잖아. 아이고, 머릿속에 벌침이 다닥다닥 박혔나 봐. 콕콕 쑤시는 게 벌침이 촘촘히도 박혔나 봐."

고모는 밥상머리에 앉아 변소 얘기를 늘어놓았다. 엄살이 이만저만 심한 양반이 아니었다. 고모의 엄살은 하얀 타일이 깔린 화장실을 자랑하기 위한 것이었다. 자기네 집에는 그런 화장실이 스무 개도 더 된다는 것을 은연중에 자랑하기 위한 것이었다.

"지폐 세 장을 컴컴한 똥통에 헌금하고 나온 셈이네."

내 귀가 쫑긋 선 것은, 그 말이 떨어진 뒤였다.

"그렇게 비싼 화장지로 밑 닦은 사람은 세상에 없을 거야. 어느 나라 임금님도 그렇게는 못 했을 거야. 아침부터 달걀 귀신들에게 넉넉히 복채를 줬으니, 해코지는 당하지 않게 생겼네."

고모는 워낙에 뺑이 심했다. 나는 밑져야 본전이라는 생각이 들었다. 나는 아랫방으로 가 플래시를 들고 변소로 들어갔다. 지폐 세 장이 꼬깃꼬깃 접혀 똥독 위에 떨어져 있었다. 나는 재빠르게 뒤꼍으로 달려갔다. 나는 내가 천재라도 된 듯한 착각에 빠졌다. 내 머리를 따라올 사람은 없었다. 나는 매미채가 어디 있는지 금세 떠올릴 수 있었다.

나는 발소리를 최대한 죽이고 뛰었다. 누군가에게 들키기라도 하는 날에는 거북선 그림과 남대문 그림이 그려진 지폐를 빼앗기고 말 것이다. 나는 침착함을 잃지 않았다. 꼬깃꼬깃 접힌 지폐를 건져 냇가로 뛰었다. 된장 자국을 깨끗이 씻어 다리미로 빳빳하게 다리면, 은행에서 방금 찾아온 샘삥 지폐가 될 것이다. 손가락으로 탁 튀기면 경쾌하게 '팍' 소리가 날 것이다. 그러나 곧 다리미에 다리는 것을 포기했다. 다된 밥에 코 빠뜨린다는 말이 생각났다. 누군가에게 들키면 그동안의 수고가 물거품이 되어 사라질 게 뻔했다. 나는 쌍둥이 할아버지네 구멍가게로 가기 전에 거북선 그림과 남대문 그림을 말려야 했다. 나는 햇볕이 먼저 드는 공동묘지로 뛰었다. 잔디 위에 그림을 널어놓고 돌을 주워 테두리를 눌렀다. 보송보송한 아침 햇살이 지폐를 말렸다. 나는 잔디 위에 누웠다. 눈을 감고 세 장의 지폐로 살 수 있는 물건, 할 수 있는 일을 생각했다.

처음으로 수중에 들어온 거금이었다. 운동화를 사기에는 모자란 돈이었다. 군것질을 하다 보면 야금야금 사라질 것이다. 읍내에 나가 축구공을 사? 그것도 안 될 일이지. 집안 식구들 눈에 띄는 물건을 사거나 어떤 일을 해서는 절대로 안되었다. 그랬다가는 금방 탄로 날 게 뻔했다. 내 생각은 거기에서 멈췄다. 나는 생각이 짧은 자신을 탓하기 시작했다.

그럼 그렇지. 내가 무슨 천재야. 나는 바보 멍텅구리다. 이까짓 더러운 돈으로 무얼 할 수 있겠어. 무언가를 사고 무언가를 하더라도 똥독에서 건진 돈으로 했다는 생각이 머릿속에 남을 것이 분명했다.

나는 유란이네 기와집을 바라보았다. 안개처럼 피어오르는 굴뚝 연기가 하늘하늘 사라지고 있었다. 나는 학교에 갈 시간을 까먹고 있었다. 나는 집을 향해 뛰어갔다. 나는 집 앞 밭둑을 파헤치기 시작했다. 주위에는 지켜보는 사람이 없었다. 나는 지폐 세 장이 꼭 필요할 때가 있을 거라고 믿었다. 그때가 오면, 지폐 세 장에서는 흙 냄새가 진하게 풍겨날 것이다.

삐라

야트막한 황토 산들에 시야가 막힌 동네 아이들은 지평선을 보는 대신 하늘을 보고 놀았다. 솔개가 까마득히 날고 있는 하늘, 어딘가에 있을 법한 끝없이 푸른 풀밭, 놀이에 지칠 때마다 하릴없이 올려다보는 막막한 하늘, 막다른 하늘, 스테인리스 장난감 비행기가 지나가는 하늘, 차돌속빛 줄이 그어지는 하늘, 우리는 긴장하고 있었다. 언젠가 뻥튀기 기계에서처럼 뻥 소리가 들렸다. 뻥튀기는 간 곳 없고 하늘에 그어진 흰줄만 지워졌다.

야트막한 황토 산에는 잔 소나무와 아카시아나무와 참나

무가 수종(樹種)의 팔십 퍼센트를 차지하고 있었다. 동네 안에 있으면 황토 산에 난 길들이 훤히 들여다보였다. 누가 어디에 가고 오는지 아이들은 다 알고 있었다.

도랑에 앉아 가재 씨 말리기를 하거나 나무를 깎아서 검을 만들거나 미니 관처럼 생긴 연장통에 소나무 몸통을 잘라 네 개의 바퀴를 달아놓고 누군가에게 언덕 위로 끌게 하거나 총싸움을 하거나 길에 구덩이를 파 똥을 부어놓고 누군가 지나가기를 기다리거나 새총을 들고 방앗간 근처에서 함석에 돌을 박아 넣거나 딱지치기를 하거나 서리할 수박을 점찍으러 다니거나 새알을 꺼내러 새집을 찾아다니거나 할 때마다, 우리는 하늘을 올려다보았다. 비행기 소리가 들리나 귀를 기울였다.

언젠가는 산꼭대기 가까이 비행기가 올 것이다. 한 가마니도 넘는 삐라를 뿌릴 것이다. 먼저 보는 사람이 한 장이라도 많이 차지할 수 있었다. 삐라는 산 곳곳에 쑤셔 박힐 것이다. 나는 동생들이 어디에서 무얼 하는지 파악하고 있었다. 사람이 많아야 삐라를 많이 주워 올 수 있었다.

미봉산 위에 비행기가 모습을 나타냈다. 나는 가슴을 졸였다. 비행기 옆구리 문이 열리고 삐라가 뿌려지기 시작했다.
나는 흩어져 내리는 삐라를 보면서 뛰기 시작했다.

"야아, 굼벵이들아, 빨리 안 나와!"

나는 동생들에게 빨리 뛰어나오라고 고함을 질렀다.

"뭘 꾸물거려! 빨리 나오지 못해!"

동생들은 두레밥상에 둘러앉아 보리밥에 열무김치를 비벼
먹고 있었다. 동생들에겐 밥 먹는 게 중요했다. 삐라를 주워
봐야 나에게 빼앗길 게 뻔했다. 나는 내가 삐라를 제일 먼저
보았다고 믿었다. 조금이라도 미적거렸다가는 온 동네 아이
들에게 삐라를 나눠 주는 것이 되었다.

나는 어두워져서도 삐라를 주웠다. 삐라를 보고 몰려온 아
이늘이 돌아가고 별이 총총 빛나고 부엉이가 속울음을 울고
어머니가 집 앞에 나와 플래시 불을 휘두르며 나를 불러도
그건 나와는 상관이 없었다.

나는 삐라를 주워 칡넝쿨로 동여맸다. 삐라를 품에 안고
골짜기를 내려올 때, 나는 삐라가 얼마나 따뜻한지 알았다.
이제는 반년간은, 소나무 가지로 땅바닥에 뭔가를 그리거나
쓰지 않아도 되었다. 최대한 글씨를 작게 빼곡히 쓰면 일 년

은 넘게 뭔가를 그려 넣고 써 넣을 수 있었다.

나는 삐라 뒷면이 다 채워지면 뒷산 할아버지 산소 옆에 구덩이를 파고 못자리 폐비닐을 덮어씌워 보관할 것이다. 내가 동네를 쑤시고 다니면서 본 것만 다 그리고 옮겨도 삐라는 턱없이 모자랄 것이다. 나는 되는 대로 이야기를 지어낼 수도 있을 것이다. 나는 삐라를 네모나게 접을 것이다. 접은 흔적이 나게 그림을 그리고 글을 쓸 것이다. 그림을 그리고 글을 쓴 삐라 종이에 번호를 매길 것이다. 그런 다음 가위로 네모나게 자를 것이다. 네모나게 자른 삐라 종이를 가져다 할아버지 산소 옆에 묻을 것이다.

할아버지는 위 사랑방에서 기침소리를 내고 계셨다. 재산을 거의 탕진할 때까지 전국을 떠돌고 중국, 일본을 돌아다녔다는 할아버지. 어딘가를 떠돌다가 추수할 무렵이면 어김없이 돌아왔다는 할아버지. 추수한 곡식을 돈으로 바꿔 들고 다시 길을 나섰다는 할아버지.

할아버지는 내가 여섯 살 때 겨울에 돌아가셨다. 손목에 찬 시계를 벗어 아버지에게 던지고 할아버지는 눈을 감으셨다. 나는 졸음이 덜 깬 눈을 비비며 할아버지의 임종 모습을 지켜보았다.

할아버지는 겨우내 고뿔을 달고 사셨다. 위 사랑방 화로 위에는 할아버지가 코 푼 신문 종이가 네모나게 올려져 있었다. 말년에도 할아버지는 조금도 기가 꺾이지 않으셨다. 할머니는 위 사랑방에서 기침소리가 날 때마다 간이 떨어지는 것 같다고 하셨다. 무슨 호통이 떨어질까 봐 불안해하셨다.

할아버지는 코를 푼 네모난 신문 종이를 화로 위에서 말리셨다. 헐어서 너덜거려서 더 이상 못 쓸 때까지 네모난 신문 종이를 말리셨다. 네모난 신문 종이 앞뒤의 글자가 희미해지도록 기침을 하고 코를 푸셨다.

언제 끝날지 모르는 기침과 콧물이 화로 위에서 말라가고 있었다. 할아버지는 창호지 문에 달린 조그만 유리창으로, 가끔씩 밖을 내다보셨다.

쌍둥이 할아버지

메지 강똥 할아버지는 쌍둥이였다. 학교 앞 버스정류소에서 푸른색 잉크를 꾹꾹 찍어 차표를 팔았다. 좁다란 무역 바닥 귀퉁이에 장독을 묻어놓고 막걸리를 휘저어 팔았다. 과자와 학용품과 양조간장, 식초, 술병, 비누에는 시커멓게 먼지가 앉아 있었다.

버스정류소 앞 그리 넓지 않은 마당에는 두 가닥 등나무 줄기가 꼬아 올린 푸른 지붕이 있었다. 지붕 밑에는 벽돌을 탁자 모양으로 쌓아 올리고 시멘트를 살살 발라 입힌 탁자가 놓여 있었다. 탁자를 중심으로 사각에 길고 두툼한 미송(美

松) 의자 넷이 있었는데 나이테가 도드라져 있었다. 얇은 바지로 앉아 있으면 엉덩이에 나이테 자국이 그대로 배겼다. 바람이 불라치면 등나무 푸른 잎사귀들이 먼저 알아차리고 어슬렁거리기 시작했다. 햇살이 쏟아지는 날이면 어김없이 햇볕 부스러기들이 미끄러운 시멘트 테이블과 미송 의자들과 푸른 지붕 밑에 흩어져 빛났다.

쌍둥이 할아버지들 치아엔 꺼먼 담뱃진이 끼어 있었다. 등나무 아래서 장기를 두는 할아버지들 치아도 매한가지였다. 반질반질 침이 묻어 있지 않다면 빛나지 않을 것이다. 조금씩 벌어진 입은 길디긴 동굴을 연상시켰다. 그 동굴 앞에서 치아가 반짝반짝 빛났다.

하굣길 아이들은 메지 강똥 할아버지네 구멍가게에 달려들어 하드 냉장고를 뒤졌다. 서로가 밑에 있는 하드를 차지하려고 난장판이 벌어지곤 했다. 아이들은 너나없이 하나씩 팔을 집어넣고 딱딱한 하드를 찾았다. 쌍둥이 할아버지는 에누리 없이 오십 원씩 하드 값을 받기 위해 구멍가게 마룻바닥 위에 서 있었다.

"얼른얼른 골라라. 하드 다 녹는다. 두꺼비집 팽팽 돌아가!"

유란이가 제일 먼저 하드 봉지를 휴지통에 버렸다. 입술과 입안에 팥물을 들이기 시작했다. 나는 유란이가 하드를 먹는 것만 봐도 행복해졌다. 팥색 루주 칠한 유란이 모습은 경박스럽지 않았다.

나는 슬그머니 눈을 감았다. 유란이에게 웨딩드레스를 입혀봤다. 행복은 심장 소리를 타고 올라왔다. 행복은 엔진 달린 고깃배를 타고 왔다. 몸속에 골고루 퍼져 나갔다.

조막만한 구멍가게는 늘 어두운 곳이었다. 누렇게 변한 전선줄에 매달린 삼십 촉 전등엔 자잘한 파리똥이 촘촘히 찍혀 있고, 미세한 먼지가 겹겹으로 발려 있었다. 전등은 둥글게 먼지로 빚어놓고 파리똥 무늬로 모양을 낸 토기 같았다. 전등 속 필라멘트가 가늘게 떨리고 있었다. 노란빛이 나와 구멍가게 안을 메우고 있었다.

아이들은 쌍둥이 할아버지를 하나로 묶어 '메지 강똥'이라고 불렀다. 할아버지들은 아이들 얼굴을 빤히 들여다보고 몇 번에 걸쳐 이름을 되묻곤 했다.

"네 이름이 메지(뭐지)?"

"네 애비 이름이 메지(뭐지)?"

메지 강똥 쌍둥이 할아버지들은 머리가 나빴다. 금방 묻고도 다시 물었다. 둘이 박자를 맞춰 함께 물을 때도 있었다. 둘이 아이들 이름을 열심히 묻고 있는 걸 보고 있으면 웃음이 나왔다.

나는 메지 강똥 할아버지들 턱에 붙은 희끗희끗한 수염을 보았다. 수염도 할아버지 입 주위를 따라 정신없이 움직였다. 나는 수염을 보고 저게 바로 '파뿌리'구나 생각했다. 검은 머리 파뿌리가 아니라, 검은 수염 파뿌리 될 때까지 할아버지들은 홀아비로 같이 살았다. 두 분 할아버지는 누가 누군지 분간이 안 갔다. 그 둘만이 서로를 분간할 수 있었다.

할아버지들은 사이가 좋았다. 서로가 서로에게 좋은 거울이 되어주었다. 둘만 있으면 세상은 웃음으로 가득 채워졌다. 신 김치 쪼가리에 막걸리를 마실 때에도 거울을 보듯 사이 좋게 마주앉아 잔을 부딪쳐 들었다. 둘은 뭐가 그리도 좋은지 사이가 헐렁하고 누리끼리한 치아를 드러내고 웃었다. 덩달아 '파뿌리' 수염도 요란하게 따라 웃었다.

"어허 허허 허허허……."

두 분 할아버지는 장기를 두고 있었다. 늙은 부부였다면,

한 분은 아랫목에 팔 괴고 누워 텔레비전이나 보고 한 분은 윗목에서 화투짝이나 맞추고 있을 것이다. '강똥'은 물건을 너무 비싸게 팔아서 붙여졌다. 아무도 사 가지 않는 물건을 가게 안에 들여놓고 고집을 피우는 것도 '강똥'이 붙은 이유였다.

가게 뒤편에는 백 년이 되어가는 아그배나무 한 그루가 있었다. 여름이면 매미가 한꺼번에 이십 마리는 붙어서 울었다. 아그배나무는 뒤뜰과 지붕을 다 차지하고도 모자라 찻길까지 뻗어나가 있었다. 아그배가 익으면 메지 강똥 할아버지는 길가의 아그배부터 털어 가게 안에 진열해놓았다. 이빨도 들어가지 않을 정도로 딱딱한 아그배를 누가 사 간다고 왕겨 위에 모셔놓고 기다렸다. 아그배가 썩는 건 할아버지들 책임도, 아그배들 책임도 아니었다. 아그배들은 곰팡이가 피어 썩어갔다.

누가 아그배나무 가지만을 건드려도 대판 싸움이 일어났다. 언젠가는 버스가 아그배나무 굵직한 가지 하나를 분질러놓고 간 일이 있었다. 할아버지들은 버스회사에 전화를 걸어 아그배나무 가지를 부러뜨린 버스 기사를 잡았다. 원상복귀

시켜놓지 않으면 고발하겠다고 으름장을 놓았다. 오렌지 주스를 사 들고 찾아온 버스 기사는 지문이 벗겨지도록 빌었다. 아그배나무 가지 하나 부러뜨린 벌금으로 오만 원을 내놓았다. 버스 기사는 앞으로는 절대로, 그런 일 없을 거라는 각서를 쓰고 풀려났다. 버스 기사가 사 온 백 퍼센트 오렌지 주스는, 구멍가게에 진열되어 주인을 기다리고 있었다.

나는 유란이가 나타나면 아이들 무리에서 빠져나와 집으로 걸었다. 아이들이 볼 때면 느릿느릿 걷는 척했다. 아무도 안 본다 싶으면 있는 힘껏 속력을 냈다. 돌부리에 걸려 넘어져도 하나도 아프지 않았다. 엄살을 피울 나이가 지났고 아무도 보지 않는데 울고 있을 이유가 없었다. 나는 자전거를 타고 유란이 뒤를 졸졸 따랐다. 유란이가 눈치 못 채게 일정한 간격을 유지했다. 한참을 서 있다가 다시 페달을 밟았다. 찍찍 브레이크를 잡고 속도를 끌어내렸다. 핸들을 꺾어 길폭 끝과 끝에 닿게 바퀴 자국을 그려나갔다. 유란이는, 내 전부를 불어넣어 만드는 또 다른 나였다.

나는 유란이를 바라보거나 생각할 때에만 살아 있었다. 내가 쉬는 숨을 확인할 수 있었다. 가슴속에는 말랑말랑하고 탄력이 좋은 작은 고무공 하나가 쉼 없이 튕겨지고 있었다. 유란이만이, 내 가슴속 고무공을 튕길 수 있었다.

나는 유란이랑 이란성 쌍둥이라면 얼마나 좋을까를 생각했다. 나는 나에게 쌍둥이 여동생이 있다는 걸 알고 있었다. 외할아버지 제사 지내러 가서, 외할머니와 어머니가 소곤대는 말을 들었다. 외할머니는 길게 한숨을 쉬고 말했다.

"찢어지게 가난한 게 죄다. 제 속으로 난 새끼 남 줘야 하는 가난이 죄다."

어머니는 외갓집에서 이란성 쌍둥이를 낳았다. 쌍둥이 여동생은 외갓집에서 애 못 낳는 어느 부잣집으로 보내졌다.

나는 유란이에게 끌리는 감정 중 몇 프로는, 여동생에 대한 그리움이 포함되어 있다고 믿었다. 구멍가게 쌍둥이 할아버지네 집에 갈 때마다 유란이와 여동생이 떠올랐다. 나는 아무 의심도 받지 않고 주위를 의식하지 않고, 유란이랑 둘이서 한 지붕 아래에서 사는 꿈을 꾸곤 했다. 측백나무 잎은 푸른 수탉 벼슬 같았다. 구멍가게 쌍둥이 할아버지네 담을 따라 서 있는 측백나무가 나를 사로잡았다. 나와 유란이를 한데 어우르는 측백나무 울타리를 만들고 싶었다.

　미봉산 그림자가 온 동네를 덮었다. 풀을 베어 한 짐 되게 지게에 진 동네 아저씨들이 집으로 돌아가고 있었다. 담배를 피워 문 동네 아저씨들은 집으로 돌아가는 행성들이었다. 논둑길을 걸어 자기 집을 향해 걸었다. 나는 상여 집을 의식하면서 걸었다. 똥산씨가 학교 울타리를 돌아 나오고 있었다. 머리 위에 보따리를 올려놓고 포대기에 싸 안은 아기를 추슬러 올리고 있었다.

　"아가, 아가, 우리 아가."

　똥산씨의 오른손은 아기의 등을 토닥거리고 있었다. 유란이네 집에 켜진 전깃불이 보였다. 내 눈앞에 금빛 실이 선명했다.

　똥산씨가 포대기를 토닥거리고 있었다. 배냇저고리에 쌓인 아가에게서 살 냄새 젖 냄새가 풍겨 나오는 것 같았다. 똥산씨는 품에 안긴 아가에게 웃음을 선사하고 있었다. 나는 길가로 비켜나 똥산씨가 지나가는 것을 지켜보았다.

개

　　유란이는 개를 무서워했다. 집에서 기
르던 '파래'라는 개도 유란이를 보면 깔보고 짖어댔다. 유란
이는 대문을 들어서고 나갈 때마다 파래의 눈치를 살피곤 했
다. 유란이는 동생 유경이를 불러 파래를 잡고 있으라고 했다.
유경이를 비롯한 집안 식구들은 유란이를 이해하지 못했다.

　지난 여름방학 때의 일이었다. 유란이는 수원 큰이모 집에
가 있었다. 이종사촌 언니와 마루에 앉아 과자를 먹고 있었
다. 층이 져 높은 마루 밑에 누런 털이 억센 개가 누워 있었
다. 마루 밑에 누운 개는 바닥에 귀를 대고 잠들어 있었다.

유란이는 과자 봉지를 들고 개에게로 다가갔다. 머리를 쓰다듬어주고 입에다 과자를 물려줄 생각이었다. 유란이가 다가가자 누워 있던 개가 슬며시 불 켜진 실눈을 떴다. 개는 쇠사슬에 묶여 있었다. 유란이가 개 앞으로 가까이 다가갔을 때였다. 벌떡 일어난 개는 순식간에 유란이를 덮쳤다. 유란이는 뒤로 벌러덩 넘어지고 말았다. 거친 파도에 휘감긴 채, 유란이는 그 자리에서 까무러쳤다. 개는 유란이 종아리를 물어뜯었다. 삽시간에 벌어진 일이었다.

유란이 이종사촌 언니가 빗자루를 들고 달려들어 미친개를 떼어놓았다. 구급차를 불렀다. 유란이는 구급차에 실려 병원 응급실로 갔다. 정신이 든 유란이는 붕대에 감긴 종아리를 보고 온몸을 떨었다. 허옇게 입을 벌리고 덤벼들던 개가 눈앞에서 지워지지 않았다.

그 일이 있기 전까지 유란이는 누구보다 개를 좋아했었다. 앞발을 잡고 악수를 했고 쓰다듬어주고 긁어주고 아랫배를 간질이곤 했었다. 그 일이 있은 뒤론 아무리 작은 개를 보더라도 소스라치곤 했다. 가늘게 몸을 떨게 되었다. 설레설레 고개를 젓게 되었다. 유란이는 길바닥에 나다니는 개만 봐도 그 자리에 붙박여 꼼짝하지 못하게 되었다.

아무렇지 않게 지나칠 수도 있는데 유란이는 그러지 못했다. 유란이는 개 짖는 소리만 들려도 잠에서 깨어났다. 이불을 끌어다 몸에 친친 감고 휴지로 귀를 막았다. 개 짖는 소리는 메아리 되어 울려 퍼졌다. 유란이는 가슴이 벌렁거렸다.

어떤 기억이든 잊으려고 애쓰면 쓸수록 더욱 생생하게 되살아나기 마련이다. 물속의 설탕처럼 가만히 놔두면 저절로 녹아버릴 텐데 유란이 마음은 얼음이었다. 유란이 마음속에는 작은 연못 진흙탕 속에서 사는 가물치 한 마리가 꿈틀거리고 있었다. 점점 덩치가 커지는 두려움이 살고 있었다.

남자애들 누구라도 유란이를 함부로 대하지 못했다. 유란이가 눈을 흘기기라도 하는 날에는 뒷걸음쳐 도망치기 바빴다. 구둣발에 걷어차여 무릎이 까지고 멍들고, 팔을 비틀려 살려 달라 애원하기 전에 도망가는 게 상책이었다. 그런 유란이가 개에게만은 설설 긴다는 게 신기할 따름이었다. 유란이로부터 도망치는 아이들은 개를 키우는 집으로 달려들었다. 아이들은 유란이가 따라 들어올 수 없다는 걸 알고 있었다. 유란이는 약을 올려도 식식거리며 분을 삭일 수밖에 없

었다. 유란이는 두 주먹을 불끈 쥐고, 멀찍이 떨어져서 부들부들 떨기만 했다.

"입만 갖고 덤벼드는 개가 뭐가 무서워?"

아이들은 혀를 쏙 내밀고 두 볼에 엄지손가락을 붙이고 놀렸다. 손바닥 잎사귀를 팔랑거리며 놀렸다.

"똥산이를 봐라. 똥산이도 개는 안 무서워해."

유란이는 약이 올라 볼에 단풍을 들였다.

똥산씨는 지호네 암캐에게 오른쪽 정강이를 물린 적이 있었다. 지호네 암캐가 물어뜯었는데도 똥산씨는 웃고만 있었다. 제까짓 게 물어뜯어야 얼마나 아플라고.

똥산씨는 물어뜯은 암캐에게 발길질 한 번 하지 않았다. 똥산씨는 뒤도 돌아보지 않고 미봉산으로 걸어 올라갔다.

"무슨 일이 있었냐?"

똥산씨 뒷모습은, 무슨 일이 있었냐고 묻고 있었다. 오른쪽 다리를 절뚝거리는 똥산씨에게 아무도 달려가지 않았다. 사람들은 뒤에서 혀를 찼다. 은정이 어머니 목소리가 들렸다.

"미친개가 물었응께, 미친 기운이 달아나지 않을까?"

은정이 아버지가 말했다.

"에끼, 이 여편네야. 그게 어디 사람한테 할 소린가!"

똥산씨는 한참 동안 미봉산에서 나오지 않았다.

왕텡이

참나무마다엔 떡메를 맞은 자리가
있었다. 열매를 털기 위해 떡메로 친 자국이었다. 그곳에서
왕텡이(말벌)와 사슴벌레가 참나무 진을 빨아먹고 있었다.
대나무 빗자루를 들고 가 왕텡이를 때려죽이는 일은 내게 맡
겨진 임무였다. 뒤꼍에는 벌통 여섯 개가 놓여 있었다. 왕텡
이가 벌통을 공격할지도 모를 일이었다. 벌통을 보호하기 위
해 왕텡이를 죽이는 것이었다. 왕텡이에게 쏘이는 날엔 머리
가 갈라진다고 했다. 혈관을 쏘이는 날엔 살아날 수 없다고
했다.

나는 암소에게 풀을 뜯기러 미봉산 골짜기로 올라갔다. 암소에게 길가에 난 억새풀을 뜯겼다. 나는 뱀이 나오지 않을까, 근처에 벌집이 있지 않을까 신경을 곤두세웠다. 미봉산에는 독사가 많았다. 벌들은 작은 나뭇가지나 땅속에 집을 지었다. 자칫하다가는 뱀에 물리거나 벌에 쏘일 위험이 도사리고 있었다. 또한 벌레에게 쏘일 위험도 있었다. 암소는 풀이 있는 곳이라면 서슴지 않고 다가갔다. 암소는 독사에게 물려도 죽지 않는다고 했다. 벌에게 쏘여도 끄떡없다고 했다. 나는 고삐를 쥐고 암소가 가는 대로 따라갔다. 참매미가 오리나무에 붙어 울고 있었다. 개금나무들이 나지막한 골짜기에 모여 있었다. 개금은 아직 설익어 껍질이 희었다. 깨물면 풋내만 피울 것이다. 개금나무 열매가 고소하게 익으려면 가을이 되어야 했다.

암소는 똥을 싸면서 오줌까지 갈겼다. 똥오줌을 싸면서도 억새풀을 뜯고 있었다. 조금만 앉아 있고 싶어도 암소는 나를 끌고 다른 억새풀로 옮겨갔다. 억새풀을 뜯는데도 입을 베이지 않았다. 침 거품이 입가로 밀려나와 있었다. 외양간에서부터 파리들이 쫓아와 있었다. 암소 가죽에 붙어 무엇인가 빨고 있었다. 암소는 꼬리로 파리를 쫓았다. 암소는 머리를 흔들어 파리를 쫓았다. 방울 소리가 골짜기에 울려 퍼졌다. 나는 절 근처에 와 있었다.

오리나무 밑에 암소 고삐를 맸다. 나는 작은 소(沼)에 가서 미역을 감고 싶었다. 깔다귀들이 끝내 뭉쳐지지 않을 실뭉당이를 뭉치면서 옮겨 다니고 있었다.

나는 소(沼)로 가서 돌 위에 앉았다. 서늘함이 온몸을 엄습해 왔다. 돌을 들어내면 가재들이 흙탕물을 일으키며 숨었다. 암소는 똥이 붙어 지저분한 엉덩이를 깔고 앉아 있었다. 눈을 깜박거려 눈가에 붙는 파리를 쫓고 있었다. 암소는 아귀새김을 하고 있었다. 오리나무 잎이 흔들려 햇빛이 움직이고 있었다.

골짜기 비탈에서 돌이 구르기 시작했다. 굴참나무 잎사귀들이 소란을 피우기 시작했다. 나는 벌떡 일어나 비탈을 바라보았다. 똥산씨가 팔을 휘두르며 뛰어내려 오고 있었다.

"아아아아······."

똥산씨는 겁에 질려 있었다. 똥산씨에게 무슨 일이 생긴게 분명했다. 똥산씨는 눈 깜짝할 사이에 산비탈을 내려왔

다. 냇물을 건너뛰어 반대편 골짜기로 달리기 시작했다. 똥
산씨가 질러대는 비명이 산비탈을 넘어갔다. 똥산씨는 어쩌
다 발작을 일으키곤 했다. 똥산씨가 발작을 일으키는 날에는
동네 사람들은 대문을 걸어 잠갔다. 똥산씨는 눈이 뒤집히면
괴물이 되었다. 벌거벗은 몸으로 동네를 뛰어다녔다. 그럴
땐 달리기 선수였다. 하루 종일 뛰어다녀도 지치지 않았다.
어떤 날에는 몇십 년 된 소나무를 뿌리째 캐서 넘어뜨리기도
했다. 손톱이 빠져 피가 흐르고 있었다. 뼈가 하얗게 드러나
있었다. 똥산씨는 비누거품을 물고 있었다.

　똥산씨는 저물 무렵에 동네로 돌아왔다. 얼굴이 부어올라
쉽게 알아볼 수 없었다. 똥산씨 눈은 부기(浮氣) 때문에 거의
감겨 있었다. 얼굴과 머리도 부어올라 탱탱했다. 똥산씨는
익어터지기 직전의 토마토 같았다. 똥산씨는 왕텡이에 쏘인
것 같았다. 작년 가을에 아버지도 왕텡이에 쏘여 온몸이 부
어 밖에 나가지 못했다. 아버지는 머리가 쪼개질 것 같다고
엄살을 피웠다. 된장을 얼굴에 싸매고 누워 일주일간 소리를
질렀다.

　아버지는 똥산씨를 집 안으로 데리고 들어왔다. 똥산씨 머

리에 박힌 왕텡이 침을 빼주었다. 머리에 된장을 발라주고 비닐로 싸매주었다. 똥산씨는 온몸을 떨고 있었다. 똥산씨 몸은 엿을 곤 방바닥처럼 뜨거웠다. 아버지는 똥산씨에게 부채를 부쳐주었다.

삼총사

미봉리(美峯理)에는 삼거리가 있었다. 미봉초등학교에 다니는 애들은 삼거리를 거치지 않고는 학교에 가거나 집으로 갈 수 없었다. 삼거리에는 솔숲이 우거져 있었다. 미봉리에는 삼총사로 통하는 깡패 형들이 살고 있었다.

어느 날 중학생 형들은 삽과 곡괭이, 톱을 준비해놓고 삼거리를 지나가는 애들을 솔숲으로 불러 올렸다. 삼총사에게 붙들린 애들은 솔숲 언덕에 굴을 파는 일에 동원되었다. 굴 파기는 한 달이 걸려서 끝났다.

아이들은 굴 입구에 링을 만드는 일에 동원되었다. 땅을 골라 평지를 만들고 깊이 구덩이를 파고 사각에 기둥을 세웠다. 어디서 구해 왔는지, 삼총사 형들은 기둥에 세 가닥 동아줄을 둘러쳤다. 권투 링이 완성되었다.

굴 입구를 제외한 나머지 세 방면에 계단식 관중석을 만들었다. 삼총사 형들은 집에서 준비해 온 목장갑을 끼고 개관식 테이프를 끊었다. 읍내 체육사에서 사 온 글러브는 얇은 비닐로 만들어진 싸구려였다. 4, 5학년 애들이 오픈 게임을 하고, 6학년 형들이 토너먼트 형식으로 챔피언을 가리게 되었다. 선수들은 굴 안에 대기했다. 장내 아나운서가 소개하면 링 위로 올라왔다. 경기는 한 사람이 KO 될 때까지 진행되었다. 코피를 흘리고 그만 하겠다고 링에서 내려와도 소용없었다. 개중에는 링에서 내려와 도망가는 아이도 있었다. 글러브를 벗어 던지고 도망간 아이는 잡혀와 경기가 끝날 때까지 엎드려뻗쳐 자세로 한쪽 손을 들고, 한쪽 다리를 쳐들고 있어야 했다.

익태, 승철, 성환이 형에게 감히 도전장을 내미는 사람은 없었다. 그들은 킥복싱의 달인들이었다. 손으로 하다 안 되

겠다 싶으면 반칙을 일삼았다. 경기는 모두 일방적으로 끝났다. 샌드백을 치는 식이었다. 관중들은 모두 박수부대였다. 찌그러진 양동이 두드리는 소리에 맞춰 열나게 박수만 치다 자리에서 일어났다. 챔피언 벨트 주인은 한 번도 바뀌지 않았다.

"이렇게 선수가 없나?"

더 이상 삼총사 형들에게 도전할 적수가 없었다. 그들은 읍내 권투도장에 나가고 있었다.

"우리가 똥산이를 훈련시켜서 도전하게 만들면 어떨까?"

"그래. 그거 좋은 발상이다. 빅게임이 되겠는걸. 입장료 수입도 짭짤하게 올릴 수 있고 말이야."

삼총사 형들은, 똥산씨를 잡으러 갈 계획을 짜기 시작했다.

개울물

개울물 징검다리 앞에 똥산씨가 앉아 있는 게 보였다. 똥산씨는 개울물 빨랫돌에 앉아 있었다. 족제비싸리나무가 줄지어 서 있는 곳이었다. 상필이와 나는 가던 길을 멈추었다. 누구 하나가 앞서 가야 하는 좁은 길이었다. 똥산씨에게서는 독한 냄새가 풍겼다. 똥산씨에게서 오륙 미터쯤 떨어져 있어야 냄새가 나지 않았다. 나는 상필이의 얼굴을 바라보았다.

똥산씨를 비껴갈 방법은 하나였다. 왔던 길을 되돌아가 다리로 가는 방법밖에 없었다. 골이 지끈거리는 냄새를 맡을 수도, 돌아갈 수도 없었다. 우리는 바다에 가서 망둥이 낚시를 할 참이었다. 우리는 대나무 낚싯대를 들고 망설였다.

유란이가 징검다리 위에서 일어났다. 나는 똥산씨와 유란이가 무엇을 하고 있는지 궁금해졌다. 나는 상필이를 남겨두고 개울둑을 향해 허리를 굽히고 걸어갔다.

똥산씨는 빨랫돌에 앉아 개울물에 발을 담그고 있었다. 유란이는 똥산씨 발을 씻겨주고 있었다. 똥산씨는 간지러워 그러는지 웃음을 그칠 줄 몰랐다.

"가만히 있어 봐. 깨끗하게 닦으면 걸어 다닐 때 훨씬 가뿐할 거야."

유란이는 모래를 묻혀 똥산씨 발을 씻겨주고 있었다. 똥산씨 발이 빨갛게 변해가고 있었다.

"아줌마는 왜, 매일 웃고 다녀? 사람들은 가끔씩 웃는데, 아줌마는 매일 웃으니까 이상하잖아. 이 세상에서 아줌마처럼 행복한 사람은 없을 거야. 아줌마는 옛날을 잊었기 때문에 행복해? 아줌마에게는 매일 같은 날만 계속돼서 행복해? 사람들은 아줌마를 미쳤다고 하는데 나는 아줌마가 미친 게 아니라는 생각이 들어. 아줌마가 미친 게 아니라, 사람들이 미친 게 아닌가 생각해."

유란이는 하던 말을 멈추고 개울 건너편으로 건너갔다. 족
제비싸리 나뭇가지를 휘어 꼭대기를 끊었다. 유란이는 족제
비싸리 나뭇가지 끄트머리 몇 개를 꺾어 왔다. 유란이는 똥
산씨 발톱에다 족제비싸리 매니큐어를 칠하기 시작했다. 똥
산씨는 보따리를 품에 안고 웃었다. 족제비싸리나무 매니큐
어는 까맣게 칠해졌다. 똥산씨 손에는 빵 봉지가 쥐여 있었
다. 유란이가 학교에서 가져온 빵이었다.

"우리 아빠도 그렇고 엄마도 그래. 아주 가끔씩, 그것도 잠
깐씩만 웃곤 해. 그런데 아줌마는 언제나 웃음을 그치지 않
지. 사람들은 욕심이 많기 때문일까. 자기가 마음먹은 대로
되지 않아 웃음을 잃어버렸을까. 아줌마를 보면 행복했던 시
절로 돌아갈 수 있어서 좋아. 서울 살 때는 아빠가 하시는 일
이 잘 풀려 가족이 행복했는데, 이제는 행복한 모습을 잃어
버렸어. 아줌마는 지난날이 불행했을 텐데도, 그리고 앞으로
도 불행할 텐데, 어째서 행복한지 그 이유를 모르겠어. 사람
들은 그 이유를 알려고도 하지 않아."

유란이는 똥산씨 발톱마다에 매니큐어를 칠해주었다. 유

란이는 똥산씨 왼손을 잡고 물에 담갔다. 유란이는 똥산씨 손을 모래로 문질러 닦았다. 유란이는 머리핀을 끌러 똥산씨 손톱에 낀 때를 파냈다.

"아줌마는 기억이 하나도 안 나? 어디에서 태어나고 자랐는지? 그동안 어떤 일이 있었는지? 왜 이곳을 떠나지 못하는지?"

햇볕을 받은 개울물이 반짝반짝 빛나고 있었다.

"아줌마가 웃는 웃음은 어디서 오는지 궁금해. 나도 행복한 시절만 기억할 수 있다면 언제나 행복하게 웃을 수 있을까? 그런데 나에게는 그럴 만한 용기가 없어. 그럴 만한 능력이 없어."

유란이는 똥산씨 손톱에 매니큐어를 칠했다. 똥산씨는 개울물을 쳐다보면서 웃음을 흘리고 있었다.

"아줌마, 아줌마는 왜 포대기를 두르고 다녀? 왜 보따리를 이고 다녀? 아줌마는 그것만 있으면 언제나 행복해져? 그것만 있으면 언제나 웃음이 나오는 거야?"

건빵

운동회가 끝나고 집으로 돌아가는 길
이었다. 트럭이 먼지를 일으키며 달려오고 있었다. 먼지를
먹기 싫은 아이들은 찻길 끝에 붙어 등을 돌리고 기다렸다.
나는 공책 일곱 권을 들고 달렸다. 먼지 속을 달리는 기분을
아이들은 몰랐다. 숨을 참고 달리면 찻길 속으로 꺼져드는
기분을 맛볼 수 있었다. 나는 트럭이 지나가자마자 눈을 감
고 입을 닫았다. 머릿속의 길을 달리는 것이었다. 먼지 속을
달릴 수 있는 시간은 이십 초도 채 되지 않았다. 먼지가 날아
가고 있었다. 트럭은 저만치 앞서 달리고 있었다. 학교를 돌

면서 건빵을 배달하는 트럭이었다. 트럭은 웅덩이를 무시하고 달렸다. 짐칸이 튀어 올랐다. 건빵 부대 하나가 찻길에 떨어져 터졌다.

트럭 운전수는 떨어진 건빵 부대를 눈치 채지 못하고 커브를 돌아갔다. 나는 있는 힘껏 달렸다. 건빵 부대를 아이들이 못 보았을 리 없었다. 나는 흩어진 건빵을 건빵 부대에 쓸어 담았다. 아이들이 뛰어오고 있었다. 나는 건빵 부대 아가리를 비틀었다. 머뭇거리다가는 건빵을 통째로 빼앗길 수 있었다. 나는 건빵 부대를 둘러메고 뛰었다. 아이들이 나를 쫓아왔다.

"김기덕, 너 안 스냐. 거기 안 서! 잡히면 죽는다. 너 오늘 죽을 줄 알어!"

6학년 형들도 끼여 있었다. 내가 너희들한테 잡히면 사람도 아니지. 나는 뒤를 돌아보지 않았다. 뒤를 돌아보는 순간, 몇 발자국을 손해 보는 것이었다.

"김기덕, 너 정말 안 슬격!"

아이들도 이를 악물고 뛰어오고 있었다. 나는 미봉산으로 뛰었다. 내가 아이들을 이길 수 있는 건 달리기뿐이었다. 얼굴이 달아올랐다. 나는 앞만을 보고 뛰었다. 미봉산 골짜기로 접어들었다. 아이들이 하나씩 떨어져 나갔다. 끝까지 건빵을 차지하려고 뛰는 아이는 세 명뿐이었다.

"야, ＊＊끼야. 안 서!"

아이들은 지들끼리 달리기 시합을 하고 있었다. 나는 지그재그로 달렸다. 나는 앞만 보고 달렸다. 아이들은 나를 보고 달리고 있었다. 나를 쫓는 아이들이 나무등걸에 걸려 넘어지는 소리가 들렸다.

"야, ＊＊눔아, 거기 스라니까!"

아이들은 미봉산 중턱에서 기권하고 말았다. 나는 미봉산 정상에 올랐다. 목이 타들어갔다. 나는 건빵 부대를 멘 채로 쓰러졌다. 심장이 벌렁거렸다.

아이들은 돌아가지 않았다. 어서 내려오라고 손짓을 보냈다. 나는 너희들이 올라오라고 손짓을 보냈다. 아이들은 오른손 주먹을 왼손바닥으로 훑었다. 나는 왼손 주먹을 오른손바닥으로 훑었다. 아이들은 오른발을 들고 양손바닥으로 훑다가 뒤로 넘어졌다. 넘어진 아이들은 아카시아 가시에 찔렸다.

아이들은 돌을 집어던졌다. 아이들이 집어던진 돌은 어림

도 없는 거리에서 떨어졌다. 나도 아이들을 향해 돌을 집어
던졌다. 잔돌을 한 주먹씩 집어던졌다. 아이들은 엽총 탄환
을 피하느라 정신이 없었다. 아이들은 내 눈치를 보면서 미
봉산을 내려갔다.

"혼자서 실컷 처먹고, 목 막혀 뒈져라 새끼야!"

"그래 새끼들아. 맛있게 먹을 테니 걱정하지 마, 새끼야."

나는 아이들을 향해 손을 흔들어주었다. 어둠이 밀려오고
있었다. 무덤들이 드러나기 시작했다. 나는 건빵 부대를 둘
러메고 미봉산을 내려가기 시작했다. 추위가 몰려오고 있었
다. 물소리가 정적을 깨고 있었다. 나는 오랫동안 물을 마시
지 못했다.

바로 앞 소(沼)에 시커먼 물체가 보였다. 머리가 헝클어진
똥산씨였다. 똥산씨는 엎드려 있었다. 엎드려 무엇을 하는지
일어날 생각을 하지 않았다. 소쩍새와 부엉이가 울었다. 나
는 소리 안 나게 한 발자국씩 내디뎠다.

똥산씨가 발라당 돌아누웠다. 똥산씨 입에서 물줄기가 솟
구쳐 올랐다. 똥산씨 배가 늙은 호박만하게 불러 있었다.

나는 깜짝 놀라 뒤로 넘어졌다. 건빵 부대 아가리가 벌어

져 건빵이 흘러나왔다. 나는 건빵을 쓸어 담을 생각을 하지도 못했다. 똥산씨가 내 존재를 알아챘다. 벌떡 일어난 똥산씨가 내게로 다가왔다. 나는 넘어진 채로 뒤로 물러났다.

똥산씨가 건빵을 주워 먹기 시작했다. 똥산씨 입은 열 개도 넘는 것 같았다. 그 많은 건빵이 순식간에 입으로 사라졌다. 나는 일어나서 된똥이 다 빠지게 뛰었다.

임신

 똥산씨에게 애가 들어섰다는 소문이
돌았다. 애 아비는 만득이 아저씨가 틀림없었다. 똥산씨 배
가 불룩한 섯을 느낄 수가 있었다. 들일을 하고 참을 먹고 있
으면, 똥산씨가 다가와 음식을 우겨넣었다. 전에는 볼 수 없
던 일이었다. 음식을 부랴부랴 우겨넣는 똥산씨 얼굴에서 웃
음이 사라졌다.

 "애가 들어선 게 분명해. 애 때문에라도 정신이 돌아왔으
면 좋겠는데, 쯔쯔쯔쯔."

 어른들 눈에 똥산씨는 처량한 존재였다. 사람들은 자기 자

신을 기준으로 사람을 평가하는 버릇이 있었다.

"애를 낳으면 어쩌겠나. 애를 낳고도 쫓겨날 텐데. 불쌍한 것 같으니라고. *쯔쯔쯔쯔.*"

어른들은 똥산씨가 측은해 혀를 찼다.

"정신이나 똑발라야지 원. 저런 몸으로 애를 낳으면, 제대로 된 애를 낳을 수 있겠는가."

똥산씨가 달려들어 음식을 싹싹 비웠다. 어른들은 뒷전으로 물러나 똥산씨를 바라보았다.

동네에서는 부엌에 둔 밥과 반찬이 없어지곤 했다. 어른들은 모두가 똥산이 짓이라고 했다. 똥산씨가 애를 갖기 전에는 없던 일이었다.

만득이 아저씨의 어머니가 미봉산 골짜기에 나타나곤 했다. 똥산씨 먹일 밥을 싸 오곤 했다. 똥산씨 몸은 불어나 똥보가 되고 말았다. 불룩한 배를 앞세우고 걸어 다니는 똥산씨는 둔해 보였다.

아이들은 똥산씨 앞으로 다가가 배를 살살 문지르곤 했다. 어떤 아이는 똥산씨 배에 귀를 대보기도 했다. 그럴 때마다 똥산씨는 걸음을 멈추었다. 자신에게도 자랑거리가 생겨 즐

거운 얼굴을 하고 있었다. 똥산씨가 애 엄마가 된다는 사실에 모두가 신기해했다.

동네 사람들이 똥산씨 살 집을 지어주었다. 돌무더기를 고르고 기둥을 박았다. 기둥 위에 각목으로 골격을 잡고 짚을 엮어 지붕과 벽을 만들었다. 한나절이 걸려 똥산씨네 집이 만들어졌다. 방바닥엔 멍석을 두 겹으로 깔았다. 이불과 옷가지를 가져다주었다. 동네 사람들은 당번을 정했다. 돌아가면서 하루에 한 번씩 밥과 반찬을 해 날랐다.

그러나 똥산씨는 집에 들어가지 않았다. 집에서 나와서 자고 집 밖에서 밥을 먹었다. 똥산씨에게는 집이 필요 없었다. 거동이 불편해진 똥산씨는, 미봉산에서 내려오는 일이 뜸해졌다.

두꺼비집

미봉산 정상의 바람은 땀을 말려주었다.
나는 금세 한기를 느끼고 있었다. 미봉산 정상에서 보면, 세
상 모든 것들은 시시해져서 갖고 놀지 않게 된 장난감 같았
다. 미봉산 그림자가 쑥쑥 자라 마을을 집어삼키고 있었다.
나는 미봉산이라 불리는 괴물의 머리 꼭대기에 앉아 있었다.
나에게는 괴물을 마음대로 조종할 수 있는 능력이 생겼다.
이렇게 빨리 영토를 늘려나가다가는 며칠도 안 되어 세상을
전부 지배하게 될 것이다. 그동안 나에게 못되게 군 사람들
얼굴이 떠올랐다.

"이제 너희들은 끝장난 줄 알어. 하루에 팔굽혀펴기 천 번쯤 시킬 것이고, 선착순을 끝도 없이 돌릴 것이고, 한 끼 먹고 백 일 견디기 운동, 물만 먹고 오래 살아가기 운동 등등. 너희들은 이제 좋은 시절 끝난 줄 알어."

나는 유란이를 옆자리에 앉히고 행복하게 살아갈 날을 꿈꾸었다. 그러나 나는 금세 자신이 없어졌다. 유란이가 순순히 따라줄 리 없었다. 고 계집애가 순순히 따라줄 리 없었다. 내 마음은 어둑어둑해졌다. 구석구석에 별이 뜨고 있었다. 이 세상은, 아니 이 지구는, 컴컴한 별 중에 하나일 뿐이었다. 이런 궁색한 별에서 그것도 차도 잘 다니지 않는 깡촌에서 태어난 내 운명이 서글퍼졌다.

나는 유란이를 중심으로 도는 이름도 갖지 못한 무수한 행성 중 하나에 불과했다. 나는 유란이네 집 마루에 내걸린 불빛을 바라보았다. 지금쯤 저녁을 먹고 있을 유란이를 생각해보았다. 내 가슴은 딱딱하게 굳어가는 봉지 뜯긴 찰흙이었다.

나는 책보를 마룻바닥에 집어던지고 안방으로 들어갔다. 내 마음은 온통 만화에 쏠려 있었다. 나는 텔레비전 스위치를 눌렀다. 그러나 텔레비전은 먹통이었다. 잿빛 화면이 조그맣게 내 얼굴 모양을 담고 있었다. 나는 고개를 갸웃거리며 전기 코드를 살폈다. 혹시 절약 정신이 투철한 어머니가 코드를 죄 뽑아버렸을지 몰랐다. 하지만 전기 코드에는 이상이 없었다. 천둥 번개가 치고 비바람이 몰아친다면 몰라도, 전기가 나갈 리 없었다. 어딘가에서 전기 공사를 한다는 이장 아저씨의 안내방송도 없었다. 그렇다면, 어머니가 두꺼비집을 내려놓은 것이 분명해졌다. 정말 못 말린다니까. 키도 닿지 않는 자리까지 사다리를 놓고 올라가서 왜 두꺼비집을 내려놓는단 말인가.

나는 어머니에게 신경질을 부렸다. 두꺼비집 밑에는 언제나 삭대기가 놓여 있었다. 두꺼비집을 올릴 때 쓰는 물건이었다. 나는 방문을 열어젖히고 맨발로 대문 옆 두꺼비집으로 내달렸다.

"그러면 그렇지. 정말 못 말린다니까."

나는 어머니가 하는 대로 작대기로 두꺼비집을 올렸다. 아랫방에서 형광등이 터질 때 나는 '퍽' 소리가 들렸다. 내 가슴은 철렁 내려앉았다. 아버지 비명이 들렸다. 곧이어 무거운 물체가 방바닥에 내동댕이쳐
지는 소리가 들렸다.

아버지는 동생 방 형광등을
교체하는 중이었다. 나는 그 자
리에서 움직일 수가 없었다. 나
는 감전되면 피가 다 말라죽는
다는 말을 들었다. 나는 꿈속에
서 궁지에 몰렸을 때처럼 아무
짓도 할 수 없었다. 어서 두꺼비
집을 내려야 한다는 걸 잊고 있
었다. 캄캄한 가슴속에서 불현
듯 나타나는 아버지라는 존재.
아버지는 두려움을 몰고 다니는 사람이었다.

나는 아버지와 맞부딪칠 때마다 궁지에 몰리는 나를 발견
하곤 했다. 아버지가 궁지에 몰린 지금, 나는 어떠한 조치도
취할 수 없었다. 나는 아버지의 쌀밥이나 축내는 존재라는
생각이 들었다. 아버지의 목소리는 진동이 심했다. 작은 연
못에 커다란 돌을 던졌을 때처럼 파문이 일었다. 나는 연못

에 잘못 뛰어든 개구리였고, 그걸 지켜보는 상처 받은 사람
이었다.

　"어~서~두~꺼~비~집~내~리~지~못~해~"

　나는 아버지를 거역할 수 없었다. 온몸을 부들부들 떨었
다. 두꺼비집 차단기보다 높아 보이는 아버지. 나는 작은 연
못의 기슭이었다. 가슴속 파문을 안고 그 자리를 뜰 수 없었

다. 아버지는 방문을 열고 나와 대나무 회초리로 내 종아리를 칠 것이다. 대나무 붉은 무늬가 통통 부어오를 것이다. 나는 질끈 눈을 감았다. 아버지는 머리카락 끝까지 화가 났을 것이다.

"말썽만 부릴 줄 알았지 뭐 하나 제대로 하는 게 있어야지. 네가 매일 갓난아인 줄 알아. 옛날 같으면 장가들어 한 가정을 책임질 나이다. 철딱서니 없기는. 누굴 닮아서 그 모양이냐."

아버지는 스스로 전깃줄을 떼어내고 방문을 걷어찼다.

"이놈의 새끼, 너 오늘 죽을 줄 알아!"

나는 아버지에게 잡히는 순간 세상이 두 동강 난다고 생각했다. 아버지는 작대기를 들고 있었다. 세상이 갈라지고 있었다. 나는 갈라지는 바닥을 피해 달음박질치기 시작했다.

나는 미봉산을 기어올랐다. 아버지의 고함 소리가 뒤따랐다. 나는 도망가는 거라면 둘째가지 않았다. 나는 뒤를 돌아보지 않았다. 나는 불덩이가 되어가고 있었다. 온몸이 익어가는 느낌이었다. 나는 땀방울이 떨어지는 것을 느꼈다. 두려움도 하나씩 떨어지고 있었다.

아버지는 미봉산 자락에서 포기하고 돌아갔을 것이다. 정말 잰 놈이다. 혀를 내둘렀을 것이다.

"뜀박질 하나는 나 닮았나 보네. 굼벵이도 구르는 재주 하나는 있다고."

아버지는 필터가 다 타들어갈 때까지 환희를 피워 물고 있을 것이다. 불똥이 똑 털어져야 허리를 굽혀 다음 담배에 불을 옮겨 붙일 것이다.

나는 미봉산 정상에 올랐다. 내 키 높이로 소나무가 들어차 있었다. 해 떨어질 무렵 서해 바다는, 눈물이 쏙 빠질 정도로 아름다웠다. 덤프트럭 몇 대분의 금가루를 뿌려놓고 있었다. 슬픔이 내 가슴에 채워지고 있었다. 슬픔은 곧 서러움으로 바뀌었다. 나는 이 세상에서 가장 불쌍한 나를 둘러보기 시작했다. 가라앉는 해와 나 사이에 붉디붉은 길이 나 있었다. 절대로 걸어서는 갈 수 없는 길이었다. 나는 눈을 감고 말았다.

유란이 얼굴이 수심 깊은 곳으로부터 떠오르고 있었다. 유란이는 떠오르는 아침 해였다. 난 무수한 해를 가지고 있었다. 유란이를 생각할 때마다 해가 하나씩 떠올랐다.

금방 떠오른 해 하나 바닷물 속으로 잠기고 있었다. 바닷물이 펄펄 끓고 있었다. 그것은 바닷물이 아니었다. 용광로 물이었다.

내 가슴속에도 용광로가 있었다. 바닷물 용광로가 넘쳤다. 눈물이 흘렀다. 눈물은 바닷물 용광로에서 흘러나와 짭짜름했다.

나는 유란이 이름을 마음 놓고 부르고 싶었다. 이 세상에는 그럴 만한 공간이 없었다. 세상은 내 답답한 가슴속보다도 비좁았다. 나는 아무도 못 듣도록 유란이를 불러보고 싶었다.

창백한 달이 동쪽 하늘에 떠 있었다. 손거울치고는 너무나 큼직한 달이었다. 유란이 얼굴이 꽉 들어찰 달이었다. 처음으로 유란이에게 주고 싶은 손거울이었다. 달은 솜털구름으로 얼굴을 씻으면서 하늘 높이 떠오르고 있었다.

"나는, 저 달이 임자가 없는 것쯤 잘 알고 있어. 산소통을 메고 살아갈 수밖에 없는 달나라. 난 산소통이 두 개 필요한 걸 잘 알고 있어. 잠시도 잊지 않을 거야."

오래 달을 보고 있으면 뱃속에서 꼬르륵 소리가 들렸다. 그때부터 달이 쌀밥으로 보이기 시작했다. 어머니가 집 앞에 나와 있었다. 입가에 두 손을 모으고 내 이름을 부르고 있었다.

"기덱아, 밥 먹어라. 어서 와 밥 먹어라. 아버지 화 많이 풀렸다. 걱정 붙들어 매고, 어서 와 밥 먹어라."

개미보다도 작아진 마을 사람들이 가느다란 나뭇가지보다도 작은 길을 부지런히 걸어 다니고 있었다. 나는 손가락마디 하나보다도 작은 집을 보았다. 어떻게 저런 데서 살았을까?

나는 새가 되어 있었다. 두 날개를 활짝 펴고 나는 새가 되어 있었다. 나는 새의 마음을 잘 알고 있었다. 배고프지 않으면 절대로 내려가고 싶지 않은 집을 보았다. 나는 힘 빠진 날개를 젓고 있었다.

연탄

"남자가 칠칠맞게 감기나 걸리니?"

나는 어머니가 떠준 뜨개질 마스크가 창피해 점퍼 주머니
에 넣고 다녔다. 유란이는 콧물을 질질 흘리는 나에게 쏘아
붙였다.

"너, 똥산이 아줌마가 감기 걸린 거 못 봤지?"

어른이나 아이들이나 할 것 없이, 안 좋은 일이 있으면 똥
산씨한테 비교하는 버릇이 생겼다. 유란이는 내 얼굴을 빤히
쳐다보았다.

"넌, 아직도 신문지로 코 푸니?"

미루나무 가지 사이에 낀 까치집이 바람에 쓸려가고 있었다. 바람은 겨울 밀물 때 물살보다도 급했다.

"너네 집엔 수건도 없어? 얼굴도 신문으로 닦니?"

나는 겨울 밀물 속을 걷고 있었다. 잔가지 하나 옆으로 눕히지 않은 미루나무가 까치집을 안고 쓸리고 있었다. 낮은 하늘에 낀 먹구름을 쓸고 있는 물가 미루나무 빗자루를 보았다.

"왜 얼굴이 그렇게 검은 거야?"

먹구름은 쓸려 갔다. 또 다른 먹구름이 그 자리를 차지했다.

"너 어젯밤에 우리 집에 왔었지? 네가 우리 집 연탄을 훔쳐 간 거 맞지?"

도랑물에는 살얼음이 끼어 있었다. 살얼음을 볼 때마다 교회 종소리가 들려왔다. 교회 종소리가 물무늬로 달려와 얼어붙었다.

나는 마스크를 만지작거렸다. 어머니가 떠준 마스크는 꺼칫거렸다. 할머니가 입던 스웨터를 어머니가 물려 입었다. 그 스웨터 실을 끌러 짠 마스크였다.

"우리 집엔 연탄아궁이가 없잖아. 내가 연탄을 훔쳐 얼굴에 바른 것 같아?"

우리 집엔 신문지도 흔치 않았다. 콧물이 나오면 나와 동생들이 물려 쓴 기저귀 천으로 닦았다. 어제는 기저귀 천도 풀 먹인 것처럼 빳빳해 걸레로 콧물을 닦았다. 나는 신문지로 코를 푼 적이 없었다. 유란이 집에는 화장지가 남아돌지만, 나는 화장지를 만져본 일도 없었다. 골이 지끈거렸다. 목 안에는 딱따구리가 살고 있었다.

오늘 아침에 윤일이 어머니가 와서 하소연을 하고 돌아갔다. 윤일이 어머니는 유란이네 집에서 셋방을 살고 있었다. 그 집에는 연탄아궁이밖에 없었다. 윤일이네는 어쩔 수 없이 연탄을 때고 있었다. 그런데 윤일이네 연탄이 없어졌다. 우리 동네에서 연탄을 때는 집은, 그 집밖에 없었다. 윤일이는 칠칠맞게도 콧구멍을 파는 버릇이 있었다. 콧구멍을 자꾸 파면, 콧구멍이 넓어진다고 구박을 받았다.

오늘 아침에 윤일이 어머니와 유란이 어머니가 대판 싸웠다. 윤일이네 연탄 도둑으로 의심 가는 사람은 유란이 어머니밖에 없었다.

"왜 자꾸, 남의 집 연탄에 손대는 겁니까?"

유란이 어머니는, 콧구멍이 넓기로 유명한 여자였다. 평상시에도 콧구멍이 들려 있있다. 코 안이 훤히 들여다보였다. 유란이 어머니는 들창코를 벌렁거리며 말을 잇지 못했다.

"뭐라, 누가 연탄을 훔쳐갔다고!"

"이 집에서, 연탄 훔쳐갈 사람이 누가 있느냐고요?"

"이년이 생사람을 잡네!"

"뭐라, 이년이라고. 도둑년 주제에 발뺌을 하네그랴."

둘 사이에 삿대질이 오갔다. 둘은 서로의 멱살을 잡고 흔들었다. 나중엔 머리끄덩이를 잡고 뒹굴었다. 윤일이는 들창코 아줌마 콧구멍만 쳐다보고 있었다. 어머니가 콧구멍을 팔 때마다 했던 말이 생각나서였다. 윤일이 어머니는, 윤일이가 콧구멍을 팔 때마다 겁을 주었다.

"너 자꾸 콧구멍 파면, 안집 아줌마처럼 콧구멍이 넓어진다. 콧구멍이 들려 올라간다."

윤일이가 들창코 아줌마 콧구멍을 들여다보며 말했다.

"아줌마, 아줌마는, 콧구멍 얼마나 파서 그렇게 됐어요?"

유란이 어머니는 부들부들 떨기만 했다. 부엌으로 들어간 윤일이 어머니는 키들키들 웃었다.

연탄 사건의 불똥이 내게로 튄 것이다. 나는 더 이상 유란이 말에 대꾸하지 않았다. 나는 세수를 하지 않은 것을 후회했다. 어머니가 부지깽이를 들고 와 까맣게 만든 것이다. 세수를 안 하고는 못 배기게 하려고, 어머니가 또 까맣게 칠해놓은 것이다.

나는 도랑에서 멈춰 섰다. 손을 문질러 얼음을 녹였다. 유란이는 앞서 걸어가고 있었다. 얼음 위에 숯검정이 묻어나기 시작했다. 화끈거리던 얼굴 전체가 시원해지기 시작했다.

지게

비둘기 두 마리가 소나무에서 날아올랐다.

만득이 아저씨가 미봉산을 내려오고 있었다. 똥산씨는 팔다리가 새끼줄로 묶여 지게 위에서 발버둥치고 있었다. 지게에는 똥산씨 보따리와 포대기가 매여 있었다. 만득이 아저씨는 똥산씨가 몸부림을 쳐도 끄떡도 하지 않았다. 웬만한 어른들 같으면 길에서 벗어나 뒹굴었을 텐데 만득이 아저씨는 힘이 장사였다. 한 번도 쉬지 않고 찻길로 접어들었다.

달수 아버지가 만득이 아저씨에게 물었다.

"만득이, 색시 집으로 데려가남?

만득이 아저씨는 말이 어눌했나. 사람들이 묻는 말에만 간신히 대답을 했다. 만득이 아저씨의 대답은 웃거나 고개를 끄덕거리는 것이었다. 만득이 아저씨는 빡빡 깎은 머리를 끄덕거렸다.

　"만득이. 자네가 잘해주게. 맛있는 반찬에 밥도 배불리 먹이고, 따뜻한 방에서 재우게나. 산달이 얼마 남지 않았으니, 마음 편하게 해주고."

　만득이 아저씨 얼굴엔 웃음이 피어났다. 만득이 아저씨는 담배꽁초를 내뱉었다. 달수 아버지를 향해 돌아서서 고개를 숙였다. 달수 아버지는 손을 흔들었다.

　"어여 가보게나. 날씨가 추워 감기 걸리겠네."

　만득이 아저씨는 찻길을 걸어갔다. 똥산씨가 고개를 돌리고 달수 아버지를 바라보았다. 아이들은 얼음판에서 썰매를 타다 말고 만득이 아저씨와 똥산씨를 배웅했다.

종소리

아버지는 교회 종소리가 들리기 전에 일어났다. 아버지는 밖에 나가 헛기침을 하면서 돌아다녔다. 아버지가 헛간 여물을 삼태기로 퍼다 가마솥에 담을 때에도 교회 종소리는 들리지 않았다. 방바닥이 온기를 회복할 무렵에야 종소리가 동네를 깨웠다.

유란이는 할머니를 따라 미봉침례교회에 가기 위해 집을 나섰다. 유란이 할머니는 꼭 유란이를 데리고 교회에 나갔다. 졸음이 덜 깬 유란이가 짜증을 부려도 소용이 없는 일이었다. 유란이 할머니는 죽은 유란이 어머니를 친딸처럼 아꼈

다고 했다. 그래서인지 죽은 엄마를 꼭 빼닮은 유란이를 아끼고 사랑했다. 유란이를 늘 곁에 두고 싶어 했다. 유란이는 할머니 손을 잡고 교회에 갔다.

만득이 아저씨 지게에 실려 간 똥산씨가 미봉산으로 돌아왔다. 똥산씨는 교회 종소리가 들리면 동네로 내려왔다. 미봉리에는 감리교회와 침례교회 두 개가 있었다. 두 교회는 새벽 네 시를 기다렸다가 동시에 종소리를 울렸다. 두 교회의 종소리가 미봉산 골짜기까지 울려 퍼졌다. 똥산씨는 포대기를 두르고 보따리를 이고 두 교회의 갈림길까지 가서 쪼그려 앉았다. 똥산씨는 더 이상 웃는 얼굴을 보여주지 않았다.

동네 앞 이백 년 묵은 소나무에 등을 기대고 미봉산을 바라보는 똥산씨를 여러 번 보았다. 똥산씨는 얼음이 언 저수지 테두리를 하루 종일 걸어 다니기도 했다. 또 어느 날은 유란이 아버지 광산까지 걸어가 수직으로 뚫린 캄캄한 갱도(坑道) 안을 쳐다보기도 했다. 똥산씨의 얼굴은 엄숙하게 굳어 있었다. 누구나 함부로 이름을 부르고 놀리지 못하게 되었다.

똥산씨는 기도를 마치고 나오는 교인들 얼굴을 쳐다보았다. 누군가를 잡으러 온 저승사자 얼굴을 하고 있었다. 똥산

189

씨는 교인들 뒤를 밟아 집까지 따라가기도 했다.

똥산씨는 신발을 신지 않았다. 똥산씨가 남긴 발자국이 눈 위에 찍혀 있었다. 나는 토끼 올무를 확인하기 위해 아침마다 미봉산 골짜기를 돌았다. 눈 위에 찍힌 똥산씨 맨발자국을 햇볕이 녹여주었다.

똥산씨는 돌무더기 집 앞에 앉아 있었다. 나뭇가지에서 눈이 떨어지는 소리가 들렸다. 똥산씨가 바라보는 돌부리 하나 나무등걸 하나하나에 입김이 올라오고 있었다. 눈이 쪼그라들면서 녹아가고 있었다.

손

유란이 할머니는 읍내 장에 가고 없었다. 유란이네 집에서 대판 싸우는 소리가 들렸다. 유란이 아버지는 성질을 못 이겨 가재도구를 집 밖으로 집어던졌다. 거울이 박살 나는 소리가 들렸다. 곧이어 벽시계가 담장 밖으로 던져져 시계불알이 튕겨나갔다. 유란이 아버지는 오토바이를 타고 광산으로 갔다. 유란이 새엄마가 바락바락 악을 쓰면서 욕지거리를 내뱉었다. 그럴 때마다 유란이는 새엄마의 화풀이 대상이 되었다. 새엄마에게 머리끄덩이를 잡혀 휘둘리기도 했다.

유란이가 새엄마를 피해 달아나는 것이 보였다. 유란이는 미봉산으로 내달리고 있었다. 회초리를 들고 쫓아가던 유란이 새엄마가 돌아왔다. 유란이 새엄마는 눈 위에 회초리를 내동댕이쳤다.

유란이는 옹달샘 앞에 쭈그리고 앉아 있었다. 옹달샘 위 바위에는 촛농이 눌어붙어 있었다. 동네 할머니, 아줌마들이 찾아와 옹달샘 물을 떠놓고 소원을 비는 장소였다. 할머니, 아줌마들은 허리를 굽실거리면서 손바닥을 비볐다. 끝없이 소원을 빌었다. 바위 위에 고드름이 달려 있었다.

유란이는 옹달샘에 손을 담갔다. 샘물에 손을 담그고 있으면 손에 동상이 걸릴지도 몰랐다. 유란이는 번갈아가며 손등을 돌로 비볐다.

유란이 아버지가 하는 금광에서는 금맥이 터지지 않았다. 유란이 아버지는 그동안 벌어놓은 돈을 다 까먹었다. 유란이 아버지는 빚더미에 올라서고 말았다. 이제 얼마 버티지 못할 거라고, 어른들이 쑥덕거리는 소리를 들었다.

유란이 아버지와 새엄마 사이가 벌어졌다. 서로 만나기만 하면 싸웠다. 유란이 아버지는 술을 마시고 새벽이 되어 집

에 돌아갔다. 언젠가는 오토바이를 타고 돌아가다가 가시덩굴로 굴러 떨어지기도 했다. 유란이는 풀이 죽어 누구와도 말을 하지 않으려고 했다.

나는 유란이에게 다가갈 수 없었다. 유란이 눈은 보나마나 퉁퉁 부어 있을 것이다. 나는 나무지팡이로 눈을 때렸다. 눈 속에 묻혀 있던 자갈이 튀어나왔다. 유란이는 못 들은 척 손등을 돌로 문질렀다.

상우 아버지가 떠올랐다. 상우 아버지는 손가락에 동상이 걸렸다. 손가락에 걸린 동상을 내버려두는 바람에 손목을 자르고 말았다. 유란이가 계속 샘에 손을 담그고 있으면 안 되었다. 손에 동상이 걸리면 팔을 잘라야 할지도 몰랐다. 나는 유란이를 말리지 않을 수 없었다. 팔이 잘린 유란이를 생각하기도 싫었다.

"이유란, 너 왜 그래?"

유란이는 나를 무시했다.

"이유란, 그만 해."

"……."

"그럼, 피 나."

"피 나라고 하는 거야."

"그러면 아픈데, 왜 그래?"

"아프면, 화나는 것을 잊을 수 있잖아."

"……."

"나는 지금 견딜 수 없어. 어떻게든 여기서 벗어나고 싶
어."

"……."

"아무도 없는 곳으로 도망가고 싶단 말이야."

"아무도 없는 곳으로……."

"나는, 내가 없는 곳으로 가고 싶어."

옹달샘 바위 위 소나무 가지에서 눈이 떨어져 내렸다. 유
란이는 바위 위로 고개를 들지 않았다. 옹달샘 물은 조금씩
흘러나와 넘쳤다. 옹달샘에는 유란이가 흘린 눈물이 보태졌
을 것이다. 옹달샘에서 흘러나온 물은 김이 나고 있었다. 며
칠 밤이 지나면 바다로 흘러갈 수 있을 것이다. 나는 유란이
등 뒤에 나무지팡이를 남겨놓았다.

눈길

몰이꾼에게 쫓긴 노루가 논바닥을 뛰어가고 있었다. 얼음이 언 논 위에서 넘어졌다 일어났다. 연신 옆구리방아를 찧었다. 노루는 아기 울음소리로 울었다. 몰이꾼들이 작대기를 들고 뛰어오고 있었다. 논두렁으로 나온 노루는 입김을 뿜었다. 곧장 미봉산으로 내달리기 시작했다. 몰이꾼들은 노루 발자국을 따라 미봉산으로 들어갔다.

몰이꾼 하나가 동네로 내려왔다. 돌무더기에서 사람이 얼어 죽었다고 했다. 어른들이 미봉산으로 몰려갔다. 어른들은 지게에 똥산씨를 앉히고 내려왔다. 똥산씨는 앉아서 얼어 죽

있나.

며칠 전의 일이었다. 아버지를 따라 바다에 갔다 오던 길이었다. 간척지 논바닥 짚가리 옆에서 불을 피운 똥산씨를 보았다. 똥산씨는 어른 허벅다리만한 통나무로 논바닥을 찧고 있었다. 똥산씨는 알아들을 수 없는 주문을 외우고 있었다.

똥산씨가 피운 불에서는 새까만 연기가 피어오르고 있었다. 똥산씨는 포대기를 두르고 있지 않았다. 보따리도 보이지 않았다. 똥산씨는 논바닥을 찧고 있었다. 불씨들이 바람을 타고 날아다니고 있었다.

똥산씨는 이불에 덮여 공동묘지 상엿집으로 옮겨졌다. 이장 아저씨가 유란이 아버지 오토바이 뒷자리에 타고 만득이 아저씨에게 기별을 넣으러 다녀왔다. 만득이 아저씨가 지게를 지고 공동묘지에 나타났다.

나는 유란이네 집으로 달렸다. 똥산씨가 죽은 것을 유란이에게는 알려야 할 것 같았다. 유란이는 수돗가에서 머리를 감고 있었다. 세숫대야와 양동이에서 김이 나고 있었다. 뜨거운 물에 헹궈낸 유란이 머리에서도 김이 오르고 있었다. 나는 대문 앞에 서서 기다렸다. 유란이가 머리를 헹구고 수

건으로 머리를 싸안았다.

"똥산이 아줌마가 죽었어."

유란이는 내 눈을 외면했다.

"언제?"

"어젯밤에."

"……."

"너한테는 알려야 할 것 같아서."

"나한테 왜?"

"네가 우리 동네에서 가장 친했잖아."

"내가 언제?"

유란이는 건성건성 대답했다. 유란이는 머리를 털어 말렸
다. 머리를 뒤로 넘겼을 때 유란이 눈이 빨개져 있었다.

"아니야?"

"……."

"이유란!"

"똥산이 아줌마에겐 무슨 말이든 할 수 있었으니까. 무슨
말을 해도 나무라지 않았으니까. 내가 틀렸어도 화내거나 소
리치지 않았으니까. 날 보고 바보라고 욕하지 않았으니까.

헝싱 웃어줬으니까. 우리 엄마가 살아 있다면 그렇게 웃어줬을 테니까……."

"만득이 아저씨가 지게를 가져왔어. 지게 위에 실어 갈 참인가 봐. 같이 가볼래?"

"싫어."

"……."

유란이는 현관문 쪽으로 돌아섰다.

"이제 똥산이 아줌마는 배고프지 않겠네. 춥지도 않을 거구. 놀림도 안 받을 거구. 내쫓기지도 않을 거구. 욕먹지도 않을 거구."

"정말 안 갈 거야?"

"똥산이 아줌마……뱃속 아기랑 함께 있을 테니까, 이제는 외롭지 않겠지?"

똥산씨는 만득이 아저씨 지게에 옮겨 앉았다. 집집마다 밥 짓는 연기가 굴뚝을 메우고 있었다. 전봇대가 귀신 울음소리를 내고 있었다. 눈발이 흩날리고 있었다. 쌓인 눈이 바람에 몰려다니고 있었다.

만득이 아저씨가 지게를 지고 일어섰다. 만득이 아저씨 검은 장화가 눈길을 걸었다. 만득이 아저씨와 지게 위에 앉은 똥산씨가 걸어갔다. 만삭인 똥산씨 배가 이불에 덮여 있었다. 눈길 위에 장화 발자국이 찍혔다. 똥산씨 웃음소리가 장화 발자국을 따르고 있었다. 만득이 아저씨 담뱃불에서 불씨가 날리고 있었다. 동네 사람들 담뱃불에서도 불씨가 날리고 있었다.

새끼 노루

어른들 무릎까지 차게 눈이 내렸다.

안마당 외양간에서 아이 울음소리가 들렸다. 아버지는 문 풍지 쪽으로 돌아앉아 새벽 담배를 피우고 있었다. 아버지가 일어나기 전에 오줌을 누었어야 했다. 아버지는 줄담배를 피우고, 요강을 들고 밖으로 나갈 것이다. 우리 집에서 요강에 다 똥을 누는 사람은 나뿐이었다. 내가 아니라고 해도 누구도 믿지 않는 일이 되었다.

"똥 눴으면, 뚜껑이라도 닫아야 할 거 아냐!"

나는 번번이 요강 뚜껑을 닫는 것을 깜박했다.

"네 코엔, 네 똥 냄새는 안 나겠지!"

나는 이불 속에서 웃었다. 서로 자기 쪽으로 끌어당겨 이불 호청이 성할 날이 없었다.

아버지가 방문을 밀고 나갔다. 새벽에 일어나 아버지가 처음 하는 일은 요강을 드는 것이다. 아버지가 문을 열고 닫는 사이, 찬바람이 방 안에 들어찼다.

안마당 외양간에서 아이 울음소리가 들렸다. 막내동생이 태어난 날에도, 나는 그 울음소리를 들었다. 하룻밤 사이에 동생이 생긴 것이다. 나는 막내 동생이 태어나기 전까지 어머니가 아이를 가진 것도 몰랐다.

유란이 말에 의하면 애가 생기는 섯은 긴딘했다. 남자와 여자가 빤스를 바꿔 입으면 여자 뱃속에 아이가 생긴다는 것이다. 그러나 우리 집에는 빤스를 입은 사람이 없었다. 나는 빤스를 바꿔 입지 않아도 애가 생긴다는 것을 알고 있었다.

"우리 엄마 아빠가 빤스를 바꿔 입는 것을 봤어. 그래서 내 동생이 태어난 거야."

유란이는 곤로 위에서 가루비누를 풀어 빤스 삶는 얘기를 들려줬다.

"우리 엄마는 곤로 불을 약하게 틀어놓고 빤스를 삶아. 왜 그렇게 하는 줄 알아?"

나는 곤로 불에 빤스를 삶는다는 말을 이해하지 못했다.

"참, 너네 집엔 곤로가 없지. 빤스 삶는 냄새를 풍기면 집 안에 귀신이 얼씬도 못한대. 귀신이 못 들어와야 얼굴도 잘생기고, 마음씨 착한 예쁜 아이가 태어난대."

나는 유란이가 하는 말을 믿지 않았다. 나는, 우리 집에는 없는 곤로와 빤스를 생각했다. 빤스를 입으면 얼마나 답답할까? 나는 지난여름 학교에서 본 영수의 축 늘어진 불알과 고추를 생각했다. 낮은 수도꼭지를 빨려고, 영수가 다리 하나를 치켜들었다. 반바지 체육복 속에서 불알과 고추가 보였다. 나는 웃음을 참을 수 없었다. 유란이는 내가 자기를 비웃는 줄 알았다. 유란이는 집으로 뛰어갔다.

안마당 외양간에서 아이 울음소리가 들렸다. 아버지는 부엌 아궁이 앞에 앉아 쇠죽을 쑤고 있었다. 삭정이 부러뜨리는 소리가 들렸다. 니는 방바닥이 식어 새우잠을 자고 있었다. 조금만 참으면 되었다. 그럼 등을 대고 누울 수 있었다.

"조금만 참으면 돼. 조금만……. 이까짓 거는 아무것도 아냐."

나는 떨면서 주문을 외웠다. 내가 갓난아기였을 때였다. 할머니는 맨배 위에 나를 품고 잤다. 나무가 귀해 십 리는 걸어가야 나무를 해올 수 있었다. 할머니는, 내가 태어난 뒤로는 새우잠을 자지 못했다. 나는 눈을 감았다. 할머니 품속을 더듬고 있었다.

"어서, 안 일어날래!"

아버지가 방문을 활짝 열어젖혔다. 오른쪽 손에는 물바가지가 들려 있었다. 이불 속에만 있으면 물을 끼얹어도 안전했다. 아버지는 장화를 신은 채로 방으로 들어왔다. 그러고는 이불을 걷어냈다. 나도 동생들도 새우가 되었다.

"눈 치우고 밥 먹자!"

아버지는 아랫목에 깔 홑이불만 남겼다. 솜이불은 개서 장롱에 넣었다. 나는 눈을 비비고 일어나 앉았다. 눈곱이 붙어 눈이 떠지지 않았다.

"어여, 정신 나게 세수해라."

나는 아버지에게 왼쪽 손목을 잡혀 밖으로 끌려나왔다. 안마당 외양간 앞에 노루 새끼가 보였다.

언젠가 미봉산에 갔을 때였다. 몰이꾼에게 쫓겨 오던 노루 새끼를 보았다. 나는 얼떨결에 노루 새끼를 껴안았다. 아이 울음소리에 놀라 풀어주고 말았다. 그만한 노루 새끼였다.

어젯밤 아버지는 주막에서 술을 마시고 돌아왔다. 요강이 차서 방에서 오줌을 눌 수 없었다. 아버지는 방문을 열고 나가 안마당 처마 끝에 서서 오줌을 누었다. 함박눈이 내리고 있었다. 아버지는 텃밭에 서 있는 노루 새끼를 보았다. 아버지는 노루 새끼를 쫓기 시작했다.

아버지는 맨발이었다. 무릎까지 빠지는 눈밭을 달려 노루 새끼를 잡았다.

"일마니 성가시게 울어대던지, 너 어렸을 때 같더라. 아버지가 광산 일 갔다 와서 피곤한데, 자게 내버려둬야 말이지."

아버지는 고무대야에 여물을 퍼 소구유에 쏟았다. 배에 거적때기를 두른 암소가 하룻밤 새 피워낸 입김이 여물에서도 피어오르기 시작했다.

"새끼 노루는, 어쩔려고요?"

아버지는 눈 위에 담배꽁초를 뱉었다.

"눈 녹으면 놔줘야지."

새끼 노루는 흙벽에 몸을 움츠려 붙였다.

아버지는 바깥마당으로 나갔다. 대추나무에 걸린 시래기 다발을 들고 들어왔다. 아버지는 새끼 노루 앞에 시래기 다발을 던져주었다.

졸망제비꽃

똥산씨가 남긴 똥들이 말라비틀어져 있었다. 농네 사람들이 지어준 똥산씨네 초가지붕이 바람에 헤쳐져 있었다. 똥산씨가 머리에 꽂고 다니던 졸망제비꽃이 피어 있었다. 유란이는 호미를 들고 졸망제비꽃 뿌리를 캤다. 나는 유란이 옆에 대소쿠리를 들고 서 있었다.

"기덕아, 똥산이 아줌마 몇 살이었을까?"

"글쎄. 마흔 살쯤 되지 않았을까."

"마흔 몇 살?"

"마흔한 살? 마흔두 살?"

"마흔한 살?"

"그래, 마흔한 살."

"마흔한 뿌리를 캐면 씨가 마르겠다."

우리는 졸망제비꽃을 캐서 똥산씨 무덤가에 심어주기로
했다.

"어쩌지? 몇 뿌리를 캐야 하나?"

"열세 뿌리만 캐자. 우리 나이로."

"그럴까. 금방 새끼를 치겠지. 내년엔 마흔두 뿌리가 될지
도 몰라."

우리는 대소쿠리에 졸망제비꽃 열세 뿌리를 캐 담았다.

"흙이 떨어지지 않게 조심해."

"알았어."

우리는 산길을 걸었다. 미봉산을 넘어가면 바다가 보였다.
똥산씨는 바닷가 공동묘지에 묻혔다.

"바닷바람을 맞으면 죽을지도 모르잖아. 졸망제비꽃이 바
닷가에서도 잘 자랄까?"

"아마 잘 견딜 거야. 똥산이 아줌마가 졸망제비꽃을 얼마
나 좋아했는데…… 똥산이 아줌마가 잘 지켜줄 거야. 걱정

마. 무덤 바로 옆에 심어주면 잘 가꿀 거야. 똥산이 아줌마가
얼마나 좋아하겠어."

"그럴까?"

"그럼. 몰래 무덤 밖으로 나올지도 모를걸. 졸망제비꽃이
보고 싶어서 말이야. 머리에 꽂고 춤도 출지도 몰라. 이를 다
드러내고 웃으면서 춤을 출 거야."

"그랬으면 좋겠다. 그런데, 좀 무섭겠다. 사람들이 보면 얼
마나 무서워할까. 그렇지 않아?"

유란이는 호미를 들고 앞서 걸어갔다. 서해 바다가 눈앞에
펼쳐졌다. 햇빛을 받은 바닷물이 길을 내고 있었다. 나는 금
부스러기를 깔아놓은 길을 보았다. 길은 바닷가로 오면서 좁
아지고 있었다. 유란이가 나를 향해 손을 흔들었다.

"어서 와. 해 떨어지겠다."

우리는 금 부스러기 깔린 길을 보며 걸었다. 똥산씨는, 해
가 지기 전에 무덤에서 나와 바닷길을 걸어갈지도 몰랐다.
신나게 웃으면서, 금 부스러기 깔린 길을 혼자서 걸어갈지도
몰랐다.

유란이와 나는 똥산씨 무덤가에 졸망제비꽃 열세 뿌리를

옮겨 심었다. 똥산씨는, 수평선 너머로 난 길을 걸어갈지도 몰랐다. 매일 지구를 한 바퀴 돌아올지도 몰랐다. 유란이는 기도를 드리고 있었다. 나는 유란이를 따라 깍지 낀 손바닥을 모으고 눈을 감았다.